Sina-Aline Geißler

Die Wünsche der Frauen

Erotische Fantasien
um Macht und Liebe

MOEWIG

www.MOEWIG.de

Umschlagfoto: Digital Vision/Getty Images
Printed in Germany
ISBN 3–8118-1810-4

Inhalt

Vorwort

Die Fantasien

Vorwort

Zu diesem Buch

»Züchtige Frauen«, so bestimmte es ein englisches Sprichwort im 17. Jahrhundert, »haben keine Augen und keine Ohren.«

Das Unzüchtige, sollte das wohl heißen, erkennt die wahrhaft keusche Frau nicht nur nicht an, sie nimmt es nicht einmal wahr: Nicht nur der offenen sexuellen Betätigung, sondern selbst dem Umherschweifen der Blicke, dem ungehemmten Gedankengang, der Fantasie werden von vornherein Grenzen gesetzt.

Jahrhundertelang fanden Frauen ihr Wirkungsfeld eingegrenzt auf einen bestimmten Bereich, die »weibliche Sphäre«. Über diesen Bereich hinaus blieb ihnen nicht nur die Einflussnahme verwehrt – bereits die Wahrnehmung der Wirklichkeit jenseits der ihnen zugebilligten Domäne war ein Tabubruch.

Dies galt insbesondere für die Veröffentlichung von eigenen Gedanken, Vorstellungen, Ideen – auch wenn diese nicht sexueller Natur waren. Veröffentlichen, sich öffentlich machen, sich der Welt aussetzen, den Privatbereich verlassen – lange wurde ein solches Verhalten als männlich-aggressiver Akt betrachtet: Die Offenlegung der weiblichen Gedanken- und Fantasiewelt galt als ebenso ungehörig wie die Entblößung des Körpers.

Vieles hat sich hier in den letzten Jahrzehnten geändert, in vielem sind wir, ist die Gesellschaft freier geworden – und vieles ist, wenn auch unter einer Schutzhülle angeblicher Libertinage, fast genau wie früher geblieben.

Das gilt ganz besonders für den Bereich der erotischen Fantasien von Frauen. Erotische Fantasien, schrieb der französische Philosoph Jean-Jacques Rousseau, sind das Feuer des Lebens und der Liebe. Doch es ist anzunehmen, dass er dabei natürlich vor allem an die Fantasien der Männer dachte.

Deren erotische Träume sind nämlich längst gesellschaftlich anerkannt, legitimiert von Zeitschriften und Zeitungen, Büchern und Filmen, ja ganzen Industriezweigen, die sich auf die Befriedigung männlicher Fantasien und Bedürfnisse im Bereich Lust und Liebe eingestellt haben – ganz zu schweigen etwa von der Werbung, die ohne Appell an mehr oder weniger stark eingestandene Wunsch- und Traumbilder keinen Rasierapparat mehr verkauft.

Männer tauschen auch, anders als Frauen, beim gemeinsamen Bier am Stammtisch ihre erotischen Fantasien, oftmals getarnt als zweideutige Witze, frei und offen aus. Intellektuell etwas Anspruchsvollere breiten dieselben Fantasien auf dem Papier oder der Leinwand aus – und man spricht von Kunst, die man alsdann bereitwillig der Öffentlichkeit zugänglich macht.

Für Frauen hingegen gilt es auch heute noch immer als unzüchtig, erotische Fantasien zu haben – und ganz besonders, sie zuzugeben, öffentlich zu machen.

Kein Wunder also, dass die meisten Frauen diese Fantasien verschweigen bzw. verdrängen, ja, dass es ihnen nach wie vor große Probleme bereitet, ihre eigenen Wunschvorstellungen, ihre Traum- und Fantasiewelt zu akzeptieren. Schenkel, Schamlippen, Brüste zu haben ist auch für Frauen längst legitim – aber Ohren und Augen, Wahrnehmungen und daraus entwickelte Wunschbilder?

Bei meiner journalistischen Arbeit bin ich aber auf eine große Anzahl von Frauen gestoßen, die von sich aus das Bedürfnis hatten, ihre Fantasien mitzuteilen, sie öffentlich, das heißt anderen Frauen als Identifikations- und Vergleichsangebot zugänglich zu machen.

Der Erfolg meines Buches »Lust an der Unterwerfung« und das Interesse, das die Medien aufgrund meiner Themen meiner Person entgegenbrachten, führten zu einer Flut von Zuschriften und Telefonaten, in denen auch mir bis dato unbekannte Frauen dem Bedürfnis nachgaben, mir ihre Fantasien mitzuteilen. Als dann der Plan zu diesem Buch Gestalt annahm, intensivierte ich meine Nachforschungen, wobei ich mich privater, aber auch meiner publizistischen Kontakte bediente.

Die vorliegende Sammlung erotischer Fantasien von Frauen erhebt nicht den Anspruch, die Objektivität einer sozialwissenschaftlichen Untersuchung zu besitzen. Ich habe vielmehr versucht, typische oder – genauer gesagt – mir typisch erscheinende Aspekte der weiblichen Sexualität, vor allem der sexuellen Fantasiewelt von Frauen, in Kurzgeschichten zu fiktionalisieren.

Auffallend war, dass eine Vielzahl erotischer Fantasiebilder Szenen der Demütigung, der Unterwerfung, ja der Grausamkeit enthielten. Das ist gewiss mitbedingt durch die Tatsache, dass viele Frauen mir auf mein publizistisches Bekenntnis zum Masochismus hin ihre ganz persönlichen Fantasien mitteilten. Doch das Wesentliche scheint mir zu sein, dass dieser Bereich wirklich einen wichtigen – wenn auch stark tabubelegten – Aspekt weiblicher Sexualität darstellt.

Ich habe also versucht, mit Hilfe meiner Augen und Ohren typische, das heißt so oder ähnlich immer wiederkehrende Fantasien auszuwählen und in eine Form zu bringen, die einer Veröffentlichung angemessen ist. Dabei entstanden erotische Kurzgeschichten, die nunmehr über eine relative formale Einheitlichkeit verfügen, ohne jedoch ihre jeweiligen atmosphärischen Eigenheiten eingebüßt zu haben.

In ihrer ursprünglichen Form, so zeigte sich rasch, wären viele der Fantasien für den Leser nicht verständlich – oder aber passagenweise sogar schlicht langweilig – gewesen. Denn viele Details waren nur aus den realen Erfahrungen der jeweiligen Frau verständlich. Hinzu kam, dass manche Geschichten nicht konsistent waren und deshalb für den Außenstehenden nur schwer nachvollziehbar gewesen wären. Ich sah es deshalb als meine Aufgabe an, im Interesse des Lesers das Basismaterial zu in sich geschlossenen Geschichten zu verarbeiten.

Die Frauen, deren Fantasien in diesem Buch gesammelt sind, möchten – mich selbst, die ich auch zwei Geschichten beisteuerte, ausgenommen – anonym bleiben. Da ich mir aber denken kann, dass viele Leserinnen und Leser gern etwas über die persönlichen Lebensumstände dieser Frauen erfahren möchten, habe ich sie im letzten Kapitel kurz porträtiert. Um zusätzlich den Charakter der Fantasien als erotische Kurzgeschichten zu unterstreichen, habe ich den Frauen in den Erzählungen andere Namen gegeben als ihren Schöpferinnen.

Die Bearbeitung und Fiktionalisierung der Fantasien erfolgte einzig unter ästhetischen Aspekten, nicht aber gemäß den Moralkategorien des 17. Jahrhunderts. Unzüchtig erscheinen mir Doppelmoral und Bigotterie – und nicht Schenkel, Brüste, Hüften und ihre Wahrnehmung über Auge und Ohr.

Über erotische Fantasien von Frauen

Wie kaum eine andere Form der geistigen Aktivität erschließen uns Fantasien das Gebiet des Unbekannten in uns selbst, machen verschlossene Bereiche zugänglich, stellen Verbindungen her zwischen dem Individuellen und dem Archetypischen.

Einer der Gründe für die Tabuisierung der erotischen Fantasien ist sicher darin zu suchen, dass oftmals unterstellt wird, man wolle das, was man sich vorstellt, auch tatsächlich in der Wirklichkeit erleben – womit die Beschreibung einer Fantasie dann platterdings als Handlungsanweisung missverstanden werden muss.

Dabei bieten Fantasien zunächst einmal lediglich einen gefahrlosen Weg, eigene Wünsche, Bedürfnisse, Ideen durchzuspielen und dabei zu erkunden, wie man die Wirklichkeit gestalten könnte. Sie sind der einzige Bereich, in dem dem Menschen grenzenlose Lust und Leidenschaft möglich wird. Nur hier findet er eine Welt jenseits von Moral und Tugend, eine Welt, die weder Schuld noch Schamgefühle kennt.

Eine Vorstellung erregend zu finden heißt noch lange nicht, das Vorgestellte in der Wirklichkeit erleben zu wollen. Im Gegenteil: Die intensivsten erotischen Fantasien leben davon, niemals in der Realität erprobt zu werden, vielleicht auch gar nicht erprobt werden zu *können.*

Unsere Fantasiewelt neigt zu Extremen. Auch in der Erotik. Wenn eine Frau sich in ihrer Fantasie wünscht, von drei Männern vergewaltigt zu werden, bedeutet das in Wirklichkeit vielleicht nicht mehr, als dass sie von ihrem eigenen Mann leidenschaftlicher, hemmungsloser geliebt werden möchte. Und so mancher Mann, der sich in seiner Traumwelt fünf Gespielinnen auf einmal wünscht, würde in der Realität vor dieser lustvollen Anstrengung davonlaufen.

Wir sehen: Unsere Fantasien sind nicht als Parameter für unsere realen Wünsche zu verstehen. Und das ist gut so. Denn nur so kann die Welt unserer Fantasie ein Bereich bleiben, der frei ist von jeder Zensur und vor allem auch Selbstzensur, eine Welt, in der eben wirklich alles möglich, jeder Wunsch erfüllbar ist.

Die weibliche erotische Fantasie ist also kein Ersatz für eine frustrierende Sexualität in der Wirklichkeit. Sie entspringt vielmehr dem weiblichen Bedürfnis nach einer Entdeckungsreise in die eigene Gefühlswelt. Gerade für Frauen ist die Sexualität ein schier unerschöpfliches Gebiet, das in alle Richtungen vermessen wird, um so das faszinierende Geheimnis des eigenen Frauseins mitsamt all seinen Möglichkeiten zu enträtseln.

Wovon träumen Frauen?

Sehr viele Frauen haben erotische Fantasien, die um das Gefühl von Demut und absoluter Hingabe, um die Erfahrung von Demütigung und Schmerz, ja sogar von Vergewaltigung kreisen. Doch nur wenige bekennen sich offen dazu.

Der in meinen Augen zentrale Grund für die starke Verbreitung von Vergewaltigungsphantasien sind die Schuldgefühle, die Frauen häufig wegen ihrer eigenen sexuellen Lust haben. Denn die Vorstellung, körperlich unterworfen zu werden, befreit die Frau von Schuld und Verantwortlichkeit. Sie ist während der Vergewaltigung zur Passivität verurteilt und damit unschuldig. Sie lässt ihren Widersacher in der Fantasie gerade das tun, was sie sich wünscht, und ist doch scheinbar gegen ihren Willen gezwungen, die Erfüllung dieser Wünsche hinzunehmen, da sie ja formell Opfer fremder Gelüste ist. Sie ist einer gnadenlosen Gewalt ausgeliefert – in Wirklichkeit aber ihren eigenen sexuellen Wünschen. Die Schmerzen und Demütigungen, die sie dabei erleidet, nimmt sie – es sei denn, sie ist wirklich masochistisch veranlagt – als notwendigen Preis dafür hin, dass sie die Lust empfinden kann, die sie in der Realität nicht erleben darf.

Die Vergewaltigungsphantasie hat vieles gemein mit anderen Fantasien, die von Schmerz und Demut, Unterwerfung und Züchtigung handeln. Nicht alle, doch viele dieser Fantasien haben denselben Hintergrund: Indem sich die Frau dem Mann ergibt, sich seinen erotischen Wünschen unterwirft, weist sie die Verantwortung dafür, dass sie moralische Grenzen verletzt, schamlos handelt, sich zu extremen sexuellen Handlungen hergibt, von sich. Es sind ja die Wünsche des Mannes, die die Szene bestimmen. So wird der »starke« Mann in der Fantasie der Frau zum Garanten für die Befriedigung der eigenen sexuellen Bedürfnisse.

Wie viele Frauen es genießen, sich lustvoll Demutsfantasien hinzugeben, haben mir nicht zuletzt die zahlreichen positiven Reaktionen auf mein Buch »Lust an der Unterwerfung« gezeigt, in dem ich mich zu meinen eigenen masochistischen Neigungen bekannte. Durchaus nicht alle Frauen, mit denen ich sprach, haben in der Realität den Wunsch, dem Mann Demut entgegenzubringen, sich zu unterwerfen, sich körperlichen Züchtigungen zu unterziehen. Und keine der Frauen, in deren Fantasie Vergewaltigung eine bedeutende Rolle spielt, wünscht sich, tatsächlich von einem Mann brutal überfallen und sexuell genötigt zu werden. Doch fast alle Frauen finden es reizvoll, ihre Gedanken und Fantasien um diese Themen kreisen zu lassen. Ja, viele von ihnen finden es äußerst erregend, sich in ihrer Fantasie vergewaltigen zu lassen – in einer von ihnen selbst bestimmten Handlung und Zeit, nach eigenem Drehbuch sozusagen.

Eine Frau braucht Mut, wenn sie sich zu ihrer Lust an der Unterwerfung bekennen will – und sei es nur in ihren erotischen Fantasien.

Meine Gesprächspartnerinnen klagten häufig über das Unverständnis, das ihnen entgegenschlägt, wenn sie es wagen, solche Gelüste zuzugeben. Männer sehen in einer weiblichen Demutsfantasie irrigerweise allzu schnell eine Aufforderung zur Gewalt, und Frauen wittern in ihr einen Verrat am Emanzipationsgedanken.

Dabei verrät gerade der Mut einer Frau, sich zu solchen Wünschen zu bekennen, jene selbstbewusste, stolze und zur Eigenbestimmtheit entschlossene weibliche Haltung, die heiß umkämpftes Ziel der feministischen Bewegung war und ist.

In den erotischen Fantasien von Frauen ergeben sich immer wieder bestimmte Handlungsmuster, lassen sich bestimmte Extremsituationen immer wieder nachweisen, tauchen bestimmte Rollenbesetzungen wieder und wieder auf. Über die große Verbreitung von Vergewaltigungsphantasien sprach ich bereits. Ich werde im Folgenden einige weitere typische Züge der erotischen Fantasiewelt von Frauen aufzuzeigen versuchen.

Fantasien sind zumeist Sprünge ins Ungewisse, ins Dunkle, Mysteriöse, Gefährliche. Sprünge, die so risikobehaftet sind, dass man sie in der Realität in der Regel nicht wagen würde.

Doch jedes Risiko bedeutet eine Steigerung des Empfindungsvermögens. Die Angst vor dem Unbekannten stimuliert das Nervensystem aufs Höchste. Und ein Nervensystem, das durch derlei Reize aktiviert wurde, steigert auch die sexuellen Empfindungsmöglichkeiten beträchtlich.

Es ist daher nicht erstaunlich, dass der Geruch von Abenteuer und Gefahr viele erotische Fantasien durchdringt. Wagnisse vielfältiger Art spielen ebenso eine Rolle wie die Gefühle von Schwäche und Verletzbarkeit seitens der Frau.

In vielen Fantasien wird diese stimulierende Angst hervorgerufen durch einen Fremden, der die Rolle des Sexualpartners übernimmt. Sein Fremdsein erzeugt eine Aura von banger Erwartung, die die erotische Spannung oftmals ins Unermessliche steigert.

Der Fremde tauchte als dunkler Schatten aus der Dämmerung auf. Es war zunächst nicht mehr von ihm zu sehen als sein nackter Oberkörper, der hell schimmerte. Dann erkannte sie auch die Zähne, die zwischen seinen Lippen glänzten, und das blasse Licht seiner Augen.

Sie spürte, wie die Langsamkeit seiner Bewegungen sie unruhig werden ließ ...

Die Lippen des fremden Mannes senkten sich auf ihre, berührten sie erst leicht, beinahe flüchtig ...

Dieser Mann, dieser verrückte fremde Mann, dessen Namen sie nicht einmal wusste, beherrschte ihren Körper mit einer Vollkommenheit, die sie erschütterte.

Diese ungeheure Spannung, die eine erotische Begegnung mit einem Unbekannten in der Frau auslöst, ist typisch für viele weibliche Fantasien. Das Fremdsein des Mannes ruft jene stimulierende Angst hervor, die später in eine erotische Empfindung übergeht.

Daneben ist es die Anonymität des Fremden, die befreiend und erregend wirkt. Zwei Menschen, die nichts voneinander wissen und sich nie wieder sehen werden, verbringen eine Stunde, eine Nacht ihres Lebens miteinander. In dieser Situation kann eine Frau sexuell völlig frei sein, kann tun und mit sich machen lassen, was immer ihr gefällt, ohne dafür zur (Selbst-)Verantwortung gezogen zu werden.

Der Fremde trat auf sie zu. »So, Teuerste, hier wären wir also«, sagte er. »Sie werden mir diese Nacht zu Diensten sein, und ich glaube nicht, dass Sie Zweifel daran hegen, dass jede Gegenwehr von Ihnen und jedes Sträuben ebenso nutzlos sein werden wie Ihre Schreie, die allenfalls von ein paar streunenden Hunden gehört werden können.«

Mit der gewährleisteten Anonymität und dem Ausschluss der Welt ringsumher hat die Frau den Mut, sich ohne geistige Beziehung zu dem Sexualpartner ihren rein physischen Empfindungen hinzugeben.

Die beidseitige Anonymität weist der Frau selbst und ihrem Partner Rollen in einem situativen Lustspiel zu, aus dem für niemanden Verpflichtungen oder Ansprüche erwachsen – auch dann nicht, wenn einer der beiden seine Distanz aufgeben möchte.

Sie hatte vergessen, wer sie war und woher sie stammte, sie hatte auch vergessen, dass dies ein Fremder war, der davon gesprochen hatte, dass er mit ihr auf seine Kosten kommen wolle. Sie konnte nicht anders, als diesen Augenblick zu genießen, das leere Zimmer, das karge Bett, den Blick des fremden Mannes dort drüben am Fenster – und ihre Lust …

»Bitte«, sagte Clarine mit bebender Stimme und schmerzendem Herzen, »ich will nicht hier bleiben, ich möchte bei Ihnen bleiben!«

»Unsinn«, sagte der Fremde, »ich habe nur für eine Nacht bezahlt.«

Er wandte sich um und ging …

Die Anonymität gibt der Frau in ihrer erotischen Fantasie die Freiheit, sich zu nehmen, was sie sexuell wünscht – und zwar auf genau die Art und Weise, die ihr am meisten behagt –, ohne jemals dafür Rechenschaft ablegen zu müssen. Denn ein ganz wichtiges Moment aller erotischen Fantasien, in denen ein Fremder zum Sexualpartner wird, ist die Gewissheit der Frau, dass der Fremde Fremder bleibt, auch nach einem gemeinsamen sexuellen Erlebnis. Folgerichtig enden viele der entsprechenden Fantasien auch damit, dass die Partner nach einer sehr leidenschaftlichen Begegnung grußlos auseinander gehen. Niemand, so besagt dieser Schluss, wird je erfahren, wer der/die andere war, ein Wiedersehen ist ausgeschlossen, erst recht eine Bindung …

Er wandte sich um und ging. Groß, dunkel und fremd. So, wie er einen Tag zuvor plötzlich vor ihr gestanden hatte.

Gerade das Wissen darum, den anonymen Partner nie wieder zu sehen, ermöglicht es der Frau, in ihrer Fantasie alles, aber auch wirklich alles zu erproben, was ihre Lust ihr gebietet.

Die weibliche erotische Fantasie spielt sich meist in einem Rahmen ab, der sich stark abhebt von dem realen Erlebnisfeld der betreffenden Frau.

So ist es typisch, dass innere Fremdheit und Unverbindlichkeit des Mannes gerade in den Fantasien derjenigen Frauen am häufigsten eine Rolle spielen, die real in einer langjährigen Liebesbindung leben, die bestimmt ist durch Vertrauen und Verantwortlichkeit. Gerade eine solche Frau gibt sich in ihrer Fantasiewelt bevorzugt dem Geheimen, Unsicheren und Fremden preis.

Und selbst wenn der Partner in ihrer Fantasie der eigene Ehemann ist, zeichnet sich der manchmal plötzlich durch eine ganz untypische Unzuverlässigkeit, Kälte und Unerreichbarkeit aus.

Er schiebt mich weg, barsch und grob. Sein Blick hat sich verändert. Ein kalter Blick streift geringschätzig meinen nackten Körper …

Ich fühle mich schutzlos, hilflos und klein und sehr, sehr verletzlich. Doch das interessiert ihn nicht. Er sieht mich nicht einmal an.

SIE (mit Angst in den Augen): Wirst du wiederkommen? …
ER: Mal sehen …
SIE: Bitte sag, dass du wiederkommst!
ER: Mal sehen …
SIE: Ich habe wirklich Angst hier allein …
ER: Ich weiß … (blickt sie ruhig an – liebevoll und hart zugleich. Geht hinaus.)

Der Unzuverlässige wirkt gerade durch seine Unzuverlässigkeit erotisch aufregend.

Situationen, in denen sich eine Frau der Liebe und Zuverlässigkeit eines Mannes nicht sicher sein kann, in denen sie seine Reaktionen in keiner Weise einschätzen kann, versetzen sie in einen Zustand der Verwirrung und Unruhe. Sie findet durch diesen Mann keine Entspannung, niemals das Gefühl der Ruhe und ist deshalb – zumeist: anders als im realen Leben – gezwungen, wach zu sein, aktiv und allzeit bereit, auf ihn zu reagieren, muss selbst die Initiative ergreifen. Und dieser Zustand der ständigen Aktions-/Reaktionsbereitschaft macht sie reizbar – auch in erotischer Hinsicht.

Tausend Funken tanzen unter meiner Haut, aktivieren jede Faser, jeden Nerv.

Ich sehe seine langen, schlanken Finger zum Teekännchen greifen. Ich fühle sie auf meinen Brüsten, spüre, wie sie über meinen Bauch und zwischen meine Beine gleiten. Finger um Finger. Etüden der Lust …

Sag doch was, mach doch was! …

Er muss es doch merken!

Ein stimulativer Effekt wird bei mancher erotischen Fantasie auch erzeugt durch eine einseitig beendete Verbindung, die die Frau in Schmerz, Verzweiflung und Trauer zurücklässt. Aus der Intensität ihrer verschmähten Gefühle erwächst ein erotischer Reiz.

Das Gefühl, den geliebten und begehrten Mann nicht sicher zu haben, ihn vielleicht niemals zu bekommen, jederzeit alles verlieren zu können, verlangt ein Sichausliefern in jedem Augenblick und gewährleistet damit ein höchst intensives Erleben.

»Sex wird in einer solchen Beziehung zum Tor des Eros«, sagt Suzanne Miller, »zu der direkten Erfahrung, dass nichts im Leben wirklich erkannt ist und dass alles und jedermann sich beständig verändert. In einem solchen Begreifen liegt die Freiheit, im Augenblick zu handeln, und so die Möglichkeit zu tiefer Leidenschaft und ekstatischer Vereinigung. Am Rande des Unbekannten finden wir das wahrhaft Erotische.«

Die Welt der Fantasie ist ein Feld, in dem das Unmögliche möglich wird, in dem Wagnisse eingegangen werden können, für deren Folgen man nicht geradestehen muss, in der Fremdheit und Unsicherheit zum erotischen Stimulans werden.

Nach einer Untersuchung der amerikanischen Diplompsychologin Karen Shanor zur weiblichen Sexualität fällt den meisten Frauen bei der Frage danach, was sie als außergewöhnlich erotisierend empfinden, als Erstes das Verbotene ein.

Ob es sich um gesetzlich, moralisch oder gesellschaftlich Verbotenes handelt – in der Fantasie haben Gesetze keine Gültigkeit. Erlaubt ist, was gefällt – und wenn im realen Leben die schlimmste Strafe darauf stünde. Ganz so dramatisch spielt es sich meistens nicht ab. Doch wird in der Fantasie so mancher Frau denkbar, was im wirklichen Leben für immer unmöglich sein muss – etwa die beste Freundin mit deren Ehemann zu betrügen.

Handlungen und Konstellationen, die einem Verbot unterliegen, wirken auf uns erregend und reizvoll. Der Mann, der unerreichbar ist, ist für eine Frau allemal begehrenswerter als der, der jede Nacht neben ihr schläft. Und an eine ungewöhnliche Liebesstellung zu denken, stimuliert gewiss mehr, als sich das vor Augen zu führen, was man tagtäglich gemeinsam mit seinem Partner praktiziert.

Jeder Mensch hat eine ganz eigene Vorstellung davon,

was sexuell verboten ist. Während für die eine Frau schon der Oralsex ins Reich des Verbotenen gehört, wird die andere alles das als legitim betrachten, was zwei Liebende aus freien Stücken miteinander tun. Ist für die eine die Liebe zwischen zwei Frauen eine Perversion, so ist die Bisexualität oder gar Homosexualität für die andere eine ganz natürliche Erscheinungsform.

Doch letztendlich geht es gar nicht darum, *was* verboten ist. Seinen Stellenwert erhält das Verbotene in der erotischen Fantasie nur dadurch, dass es dem Betroffenen als verboten gilt – und dass es ihm weitgehend unbekannt ist. Denn es sind immer das Unbekannte und die Neugier darauf, wie es sein wird, die die bange Erwartung und die erotische Spannung ausmachen, die sich mit dem Überschreiten der Verbotsgrenze einstellen.

Das Gefühl, etwas Verbotenes zu tun, ist mit der Angst verknüpft, entdeckt zu werden. Erotische Fantasien, die mit dem Motiv des Verbotenen arbeiten, sind somit auch immer Fantasien der Angst oder zumindest des schlechten Gewissens. Die Angst vor der Konsequenz der verbotenen Handlung wird zum erotischen Stimulans. Es ist allemal erregender, sich vorzustellen, während einer Feier vom Hausherrn in der Küche verführt werden, als an das »erlaubte« Intimerlebnis im ehelichen Schlafzimmer zu denken. Das Schuldgefühl, das in der Realität zumeist verhindert, dass wir das Verbotene tun, wird in der erotischen Fantasie zum Erregungsmoment. Die bange Erwartung, dass man entdeckt wird bei dem verbotenen Tun und die Konsequenzen tragen muss, steigert noch die Lust, die das Verbotene an sich auslöst. Die Vorstellung, mitten in einem verbotenen Liebesakt erwischt zu werden – beispielsweise mit einem Fremden im Ehebett zu liegen, während sich schon die Schritte des Ehegatten nähern –, gehört zu den am weitesten verbreiteten Fantasien von Frauen überhaupt.

Die meisten Menschen riskieren nicht, ihre Lust auf das verbotene erotische Erlebnis in konkretes Handeln münden zu lassen. Mit gutem Recht: Schließlich drohen gesellschaftliche Sanktionen unterschiedlichster Art. Doch in der Fantasie sind ungewöhnliche Situationen, sind das Verbotene und Verpönte der Stoff, aus dem einzigartige sexuelle Erlebnisse sind.

Schon in der Kindheit und Jugend erfahren wir, dass das Verbotene – nämlich Sex generell – etwas Wunderbares sein kann. Wir lernen, neugierig zu sein auf das, was uns verboten ist. Mit zunehmender sexueller Erfahrung verschiebt sich dann die Neugier vom Sex schlechthin – der ja inzwischen »erlaubt« ist – auf ungewöhnliche Praktiken und Konstellationen: Sex mit einem Menschen, den zu lieben einem verboten ist; Sex in einer verbotenen Umgebung; Sex mit der Möglichkeit, ertappt zu werden; die Beobachtung anderer Menschen beim Sex.

Sie blieb am Fenster stehen, ohne recht zu wissen warum …

Die Tür des gegenüberliegenden Zimmers wurde mit einemmal weit geöffnet, ein Schatten löste sich aus der Dunkelheit des Flurs, und dann trat sie ein – eine schlanke Frau von etwa dreißig Jahren, hellblond mit langen Locken. Sie war nackt …

Lena sah, wie sie ihre Beine spreizte und anwinkelte und ihre Hand langsam an den Innenseiten der Schenkel hinaufwanderte zu dem rötlich behaarten Dreieck zwischen ihren Beinen.

Die Erzählung, aus der dieses Zitat stammt, nimmt gegen Ende eine unerwartete Wendung, die etwas in meinen Augen spezifisch Weibliches verdeutlicht: Frauen sind – im Gegensatz zu Männern – im Allgemeinen niemals bloße Beobachter eines sexuellen Aktes. Sie beobachten nicht von außen, sondern identifizieren sich vielmehr mit der beobachteten Person, treten also sozusagen in das Bild ein.

Aufgrund ebendieser Identifizierung der Frau haben weibliche Fantasien selten jene voyeuristisch-pornografischen Züge, die Männerfantasien allzu oft kennzeichnen: Die Frau ist nie unbeteiligte Zuschauerin, die die handelnden Personen zu Objekten herabwürdigt, sondern immer direkt eingebunden, meist über ihre Identifikation mit einer Frau, die sie beobachtet.

Hier liegt im Übrigen der Ansatzpunkt für eine frauenspezifische erotische Ästhetik, wie sie sich in jüngster Zeit entwickelt hat.

Kaum eine Frau, mit der ich sprach, wollte in der Realität über die Grenzen des sozial Erlaubten hinausgehen. In ihren Fantasien aber zeigen die Frauen teilweise eine geradezu atemberaubende Neigung, gerade die tabuisierten Bereiche der Sexualität auszuloten. Das gilt ganz besonders für die Demuts- und Unterwerfungsfantasien.

Vollkommen nackt geleiten sie mich dann in ihrer Mitte an den Stamm der Eiche vor uns. Meine Arme werden nach hinten gebogen und gebunden, dasselbe geschieht mit meinen Beinen, die dabei leicht gespreizt werden. Sie binden mich so, dass ich mich kaum bewegen kann …

Die Vorstellung, gefesselt zu sein, spielt in der erotischen Fantasiewelt von Frauen eine bedeutende Rolle. Auch dieses Motiv bestätigt noch einmal den Wunsch der Frau nach Schuld- und Verantwortungslosigkeit ihren eigenen sexuellen Gefühlen und Wünschen gegenüber. Durch die Fessel entzieht sie sich der Kontrolle über das Geschehen – und damit der Kontrolle über ihre eigenen Reaktionen. Sie muss ja geschehen lassen, was passiert, weil sie hilflos ausgeliefert ist, gefesselt und wehrlos.

Eine gefesselte Frau ist aber auch gezwungen, sich ihren eigenen Empfindungen ganz und gar hinzugeben. Da sie mit ihren gebundenen Armen nicht in der Lage ist, sich um die Bedürfnisse ihres Partners zu kümmern, stehen sie und ihre sexuellen Gefühle im Mittelpunkt des Geschehens. Ohne schlechtes Gewissen kann (und muss) sie sich ihren körperlichen Reaktionen hingeben, ohne die leiseste Möglichkeit der Ablenkung oder gar Zerstreuung.

Zungen, nur noch Zungen, überall, zärtlich leckend. Mein Körper vibriert unter ihnen, ich winde mich unruhig. Bitte fester, möchte ich flehen …

Mein Rücken reibt sich wund an der rauen Rinde der alten Eiche, während dieses ungeheure Zungenspiel mit nie nachlassender Intensität fortgesetzt wird.

Manche der Fantasiegeschichten in diesem Buch handeln vom Schmerz um des Schmerzes willen. Dieses Motiv kann sich mit dem zuvor beschriebenen Vergewaltigungs- oder Fesselungsmotiv überlappen, ist aber prinzipiell von jenem zu unterscheiden.

Die reine Schmerzfantasie ist darauf angelegt, einen ganz bestimmten, festgelegten Schmerz zu »erfahren«

und diesen zu genießen. Sie dient der betreffenden Frau als Probierfeld des eigenen Schmerz-Lust-Genusses und ihrer Grenzen, nicht so sehr als Möglichkeit, sich aus der Verantwortung zu stehlen.

Schneller, hatte er gefordert und sie gepeitscht, weil sie nicht schnell genug gewesen war. Das Peitschen regte sie beide auf. Die brennenden Striemen erhitzten ihren Körper und steigerten die Lust. Ihn aber trieben ihre wilden Zuckungen unter dem schwarzen, kantigen Leder zur Ekstase.

Die Lust, die es bereitet, dem Partner Lust zu schenken, ist ein zentraler Aspekt weiblicher Fantasien – nicht nur der masochistisch gefärbten, in denen er allerdings sehr deutlich wird.

Überhaupt schienen mir einige Aspekte weiblicher Erotik am besten im Rahmen der masochistischen Fantasien darstellbar – so etwa auch die Bedeutung, die Requisiten in den Träumen von Frauen einnehmen können.

Die Peitsche, der Rohrstock, das Eisenbett als unerlässliches Stimulans der Fantasie – doch auch, obwohl wenig plakativ, ein bestimmter Sessel, ein dicker Teppich, ein Musikinstrument oder, wie in der Erzählung »Sehr gelber Raps«, eine Pflanze: bestimmte Requisiten tragen dazu bei, einen besonderen Rahmen für die erotische Szene zu schaffen, eine Atmosphäre erotischer Spannung aufzubauen, die oftmals an die Spannungsdramaturgie des Theaters erinnert.

Im Gegensatz zu Männerfantasien, in denen es sehr schnell »zur Sache« – und zwar nur zu dieser *einen* Sache – geht, findet sich bei den meisten Frauenfantasien eine Differenziertheit der Spannungsmomente, die das ganze Feld des sexuell Möglichen auszuloten bestrebt ist und die in Untersuchungen über die weibliche Ästhetik der Erotik als »Gleichwertigkeit der Details« beschrieben worden ist.

Der Hand, die sich über den Schenkel hinauftastet, kommt ebenso viel Bedeutung zu wie der Beschreibung des eigentlichen Sexualakts. Das Bad, das eine Frau in einem verkommenen Zimmer in Erwartung des Geliebten nimmt, ist bereits mit ebensolcher Erotik aufgeladen wie die Schmerz- und Lustfantasie, die folgt. Und vor allem dem Blick eines Mannes, seiner Stimme, seiner Gestik und Mimik kommen entscheidende Bedeutung zu.

Dieses Buch erhebt, wie ich eingangs schon sagte, keinen Anspruch auf Wissenschaftlichkeit. Eine Erläuterung der Kriterien, nach denen ich auf der Basis des mir vorliegenden Fantasie-Materials Aspekte der weiblichen Sexualität ausgewählt und fiktionalisiert habe, erschien mir dennoch wichtig.

Wenn das Buch eine Absicht verfolgt, dann diese: dazu beizutragen, dass Männer ihre Frauen und Frauen sich selbst besser verstehen und leichter anzunehmen lernen.

Die Fantasien

Die Hand

Eine Hand.

Eine Hand von rechts.

Sie tastet sich näher, sanft, kaum spürbar. Verweilt einen Moment lang auf der Lehne zwischen uns und gleitet dann weiter, unhörbar.

Wie zufällig, versehentlich rutscht sie auf mein Knie und bleibt dort liegen.

Eine Hand. Behaart. Ohne Ring. Eine männliche Hand mit langen, schlanken Fingern.

Die Hand eines Fremden. Denn ich bin allein zu diesem Vortrag hier gegangen. Wie immer zu spät gekommen, fand ich in der Dunkelheit irgendwo einen freien Platz. Das einzige Licht im Saal lässt den Vortragenden oben auf der Bühne, irgendeinen Professor, Fachmann für irgendwas, erstrahlen. Und nun die Hand. Auf meinem Knie.

Ich verharre reglos, halte den Atem an. Die Hand klettert indessen weiter, meinen rechten Schenkel hinauf. Mir stockt der Atem. Sie fühlt sich weich an, doch nicht schlaff, sanft und doch energiegeladen. Eine schöne Hand. Mit einem angenehmen Druck, nun fest auf meinem Schenkel. Eine Hand, die meine geheimsten Gedanken und Wünsche kennen muss, denn wie von mir selbst gesteuert, so sicher um meine Regungen wissend, tastet sie sich weiter.

Beifall. Für den Professor.

Die fremde Hand bleibt liegen. Meine eigenen Hände

haben sich fest in den Sitzbezug gekrallt. *Unser* Beifall bleibt aus.

Ich ringe um Luft. Diese alles wissende Hand ist zu meinem Knie hinuntergeglitten und hat mein kurzes Kleid in einer gekonnten Bewegung nach oben geschoben. Die langen Finger schieben sich unter meinen Tanga.

Verschwommen erkenne ich die Gestalt des Professors auf der Bühne. Seine emphatischen Äußerungen unterstreicht er mit wilden Gebärden. Seine Stimme erreicht mich wie aus weiter, weiter Ferne. Ich schließe die Augen.

Ich sollte sie entrüstet zurückstoßen, diese Hand, denke ich für einen kurzen Moment. Wo bleibt mein Anstand, bleibt die Moral?

Dann gebe ich auf, ergebe mich völlig dieser fremden Hand, unterwerfe mich ihrem Willen. Längst bin ich in einen Zustand geraten, in dem die Gesetze von Moral und Etikette keine Rolle mehr spielen, jede Vernunft erloschen ist.

Ich bin nur noch Gefühl. Bestehe nur noch aus Trieben und Lüsten, die ausgelöst sind durch diese fremde, göttliche Hand.

Langsam, fast *zu* langsam bahnt sie sich, über meinen Haarpelz schleichend, den Weg in meine warm-feuchte Spalte. Dort bleibt sie liegen, sanften Druck ausübend auf das Knötchen, in dem meine Leidenschaften und Lüste sich sammeln. Mach weiter, möchte ich betteln. Doch die Hand ruht unbeirrt mit gleich bleibender Sanftheit. Ich bewege mich, kaum noch meiner Sinne mächtig, wie automatisch in meinem harten Sitz. Ich presse meine Scham der Hand entgegen, reibe mich an ihr, auf und ab. Mir ist es gleich, dass Scharniere quietschen und die Lehne knarrt. Ich kenne nur noch Lust, diese ungestillte Gier nach Erfüllung und Erlösung.

Da, endlich, beginnt die Hand zu kreisen. Ihr Druck wird härter, dann wieder weicher – ganz hart, unendlich weich ...

O diese Hand! Sie raubt mir die Besinnung und auch noch die letzte Beherrschung. Ich will jammern, treten, stöhnen, schreien: »Schneller!« – »Noch nicht!« – »Jetzt!!!«

Dann zucken meine Glieder, der ganze Körper wirft sich in dem harten Sitz hin und her, Ströme ergießen sich in mir, grelle Lichter blitzen vor meinen Augen auf.

Benommen öffne ich die Augen: Die Saalbeleuchtung ist angeschaltet. Ein Raunen in der Menge. Panisch blicke ich an mir herunter – doch mein Rocksaum liegt sittsam knapp über dem Knie.

Beifall erhebt sich. Ach so, der Vortrag ist zu Ende.

Die Hand! Wem gehörte diese Hand?

Langsam, mit klopfendem Herz, drehe ich meinen Kopf nach rechts ...

Der Sitz neben mir ist leer.

Kira und das alte Strandhaus

Als die ersten Regentropfen fielen, hatten sie das alte Strandhaus erreicht.

Die vom Salzwasser zerfressene schwere Holztür knarrte beim Öffnen.

Im Innern des kleinen Hauses empfing sie der Geruch von erkaltetem Feuer und vergangener Leidenschaft.

Kira war nahe der Tür stehen geblieben. Ihre Augen hatten sich noch nicht an die Dunkelheit gewöhnt. Wie von weit her vernahm sie seinen Atem.

»Komm«, hörte sie ihn sagen.

»Jetzt gleich?«, fragte sie zögernd.

»Jetzt gleich!«, entgegnete er mit Nachdruck in der Stimme. Kira stand einen Augenblick wie unentschlossen an der Tür. Noch kann ich zurück, dachte sie. Und zugleich lächelte sie über ihre eigene Naivität. Wie oft hatte sie diesen Satz in solchen Momenten schon gedacht! Und jedes Mal war er genauso unsinnig gewesen wie heute. Nein, sie würde nicht gehen.

Und doch wollte sie sich die kleine Fluchtmöglichkeit bewahren: Ich könnte ja gehen, wenn ich wollte! Dabei wusste sie genau, dass sie es eben doch nicht konnte, weil sie in Wahrheit nichts mehr wollte, als hier zu sein, mit ihm.

Kira wurde jäh aus ihren Gedanken gerissen vom Geräusch eines gezündeten Streichholzes. Ein fahles Licht ließ für einen Moment die Einrichtung des Hauses erkennen: die Holzwände und -decken, den weißen Teppich, die Ledergarnitur, den Marmortisch, den Kamin, das mit einem Holzladen verschlossene Fenster …

Im Schein der Kerze, die er auf dem Marmortisch abgestellt hatte, näherte sie sich langsam seiner Gestalt, die in einem der schweren Ledersessel Platz gefunden hatte. Unter ihren bloßen Füßen fühlte sie den weichen Teppich.

Kira hielt den Blick gesenkt. Dennoch konnte sie die borstigen Stricke erkennen, die er sanft durch seine Hände gleiten ließ.

»Zieh dich aus«, sagte er, ohne aufzublicken, als sie dicht vor ihm stand.

Ein Kuss, ein Moment der Zärtlichkeit und Nähe, dachte sie wehmütig, und danach wäre alles viel leichter. Doch schon öffnete sie ihren Mantel und warf ihn auf den Boden. Mit wenigen Bewegungen wand sie sich aus dem kurzen roten Kleid, das sie immer trug, wenn sie ihn traf; es sei, sagte er, das einzige Kleid, das zu ihren kastanienbraunen Haaren passe.

Als sie nichts mehr außer Slip und Hemdchen anhatte, verharrte sie und sah ihn erwartend an. Es war in der langen Zeit ihrer Bekanntschaft zu einem Ritual geworden, dass sie in diesem Moment ihre Entkleidung unterbrach und auf seinen Befehl harrte, unverzüglich auch den Rest abzustreifen.

So war es denn auch dieses Mal. »Worauf wartest du?«, fragte er ungeduldig. »Ich will dich nackt sehen, habe ich gesagt!« Und ebenso wie die vielen Male zuvor nickte sie auch heute ergeben mit dem Kopf und zog in Windeseile die störende Unterkleidung aus.

Nackt stand sie nun vor ihm. So nackt, wie er sie sich wünschte – und so nackt, dass sie sich schämte. Denn sie schämte sich immer noch, jedes Mal aufs Neue, auch wenn er ihren Körper inzwischen kannte, nicht nur mit seinen Reizen, sondern auch mit seinen Schwächen. Unwillkürlich bedeckte sie ihre Brüste mit den Armen.

»Was soll das?«, hörte sie da seine Stimme, und auch das hatte sie erwartet – ebenso wie den nächsten Satz und alles, was darauf folgen würde.

»Hast du noch immer nicht gelernt, wie du dich vor mir präsentieren sollst? Na schön, wenn du dich nicht freiwillig schamlos geben willst, so werde ich dich dazu zwingen müssen!« Er erhob sich aus dem Sessel.

Kira hatte die Augen geschlossen, versuchte sich zu konzentrieren, denn was jetzt kam, war furchtbar. Seit sie ihm ihren Widerwillen dagegen gestanden hatte, entkam sie diesem Ritual nicht mehr.

»Streck deine Arme nach vorne!«, befahl er, und Kira hielt sie ihm willenlos entgegen, ergeben in ihr Schicksal und doch voll innerer Abwehr.

Mit einem der Stricke verschnürte er daraufhin ihre Handgelenke, die bald zu keiner noch so kleinen Bewegung mehr fähig waren.

»Es tut weh«, sagte Kira leise. Die Stricke schnitten ihr diesmal besonders fest ins Fleisch.

»Sehr schön, das soll es auch«, sagte er. »Der Schmerz wird dich beim nächsten Mal daran erinnern, dass du lieber gleich das tust, was ich von dir verlange. Und jetzt will ich dich laufen sehen. Lauf und lächle!«, befahl er, und seine Stimme wurde laut. »Und wehe dir, dein Laufen gefällt mir nicht!«

Kira stellte sich auf die Zehenspitzen und hob die verschnürten Arme wie spielerisch über ihren Kopf. Sie wandte ihm, der wieder in seinem Sessel Platz genommen hatte, das Gesicht zu und schenkte ihm ein strahlendes Lächeln.

»Ich will keine Werbepuppe für Zahncreme«, sagte er zornig. »Lächeln sollst du, du dummes Stück, lächeln! Weißt du nicht, wie man einen Mann anlächelt?«

Kira zuckte unter seinen Worten zusammen. Es war ihr, als würde ein heißer Pfeil durch ihren Körper schießen. »Dummes Stück« hatte er sie genannt. Der Ausdruck schmerzte sie, obwohl sie ganz genau wusste, dass diese Beschimpfung eine geradezu zärtliche Anrede war im Vergleich mit den Beleidigungen, die noch folgen würden. Sie wurde von ihm beschimpft, weil sie es ihm nie recht machen konnte – und es ihm niemals recht machen durfte. Denn davon lebte schließlich ihr Spiel: von ihrer Unfähigkeit und seiner Wut darüber – und schließlich von seiner Macht, sie dafür zu kränken. Eine Macht, die sie ihm selbst eingeräumt hatte, ihm jedes Mal aufs Neue einräumte, indem sie sich hier einfand, in diesem Strandhaus, mit ihm. Weil sie seine Kränkungen wollte …

»Tanz, du verlorenes Weib, wenn du schon nicht gehen kannst! Aber beweg deine Hüften, und lass deine Brüste hüpfen, verstanden?« Er klatschte in einem wirren Takt in die Hände und sang dazu: »Tanz, Kira, tanz, tanz die ganze Nacht – brauchst dich nicht zu fürchten, ich gebe auf dich Acht – aber tanz, Kira, tanz …«

Und Kira tanzte, drehte sich auf den Zehenspitzen vor ihm, immer bemüht, ihre Reize so zu präsentieren, dass es ihm gefiel und Lust bereitete. Sie schwang ihre Hüften, ging in die Knie.

Er klatschte schneller, immer schneller. »Tanz, Kira, tanz!«

Kira sprang von einem Fuß auf den anderen, drehte sich, hüpfte, drehte sich, versuchte den immer schneller werdenden Takt zu halten – und fiel zu Boden.

Ein schmerzhafter Sturz, da ihre Handgelenke gefesselt waren und sie sich im Fall nicht abstützen konnte.

Gekrümmt vor Schmerzen blieb sie liegen, die Beine angewinkelt, den Kopf aufgestützt auf die verschnürten Arme. Sie weinte in den weichen Teppich – vor Schmerz und vor Scham.

Sie fiel jedes Mal.

»Du elende Kreatur, selbst zum Tanzen bist du zu blöde! Kein Wunder, dass kein Mann dich nehmen will, so ungeschickt, wie du bist. Bleib liegen! Da unten am Boden ist dein Platz, du liederliches Weibsbild. Wollen doch mal sehen, ob du wenigstens zum Primitivsten fähig bist. Umdrehen!«, schrie er sie an, und seine Stimme hatte keinerlei Ähnlichkeit mehr mit der Stimme, die sie vor nicht einmal einer halben Stunde sanft zu ihm gebeten hatte.

Kira rieb sich die Tränen am Teppich ab und drehte dann langsam ihren Körper, bis sie ganz auf dem Rücken lag, die verschnürten und sehr schmerzenden Arme über dem Kopf ausgestreckt.

»Beine auseinander!«, fuhr er sie an, als er bemerkte, dass sie ihre Schenkel zusammengepresst hatte. »Zeig mir, was du dort zu bieten hast!«

Kira biss sich auf die Unterlippe. Nur nicht weinen, nicht jetzt schon! Sonst ist es vorbei, so schnell vorbei …

Sie öffnete ihre Beine, so weit sie nur konnte.

»Stell die Füße auf, so kann ich dein Loch ja nicht sehen!«, befahl er. Ohne Widerspruch stützte sie ihre Beine auf und hob ihren Schoß ein wenig in die Höhe.

»Na siehst du, es wird doch! Und jetzt werden wir mal sehen, ob du auch richtig geil bist.« Er kniete sich zwischen ihre weitgespreizten Schenkel, griff ihr zwischen die Beine und zog ihre Schamlippen auseinander.

Kira schloss die Augen. Jetzt gab es kein Entrinnen mehr, keine Hintertür. Sie war gefangen. Fast ein wenig belustigt bemerkte sie die leise Panik, die bei diesem Gedanken in ihr hochstieg. Er kann mit dir machen, was er will, du kannst es nicht verhindern, du bist gefangen, du bist ihm restlos ausgeliefert.

»Du geiles Hurenstück, ich möchte nicht wissen, an was du gerade gedacht hast, dass du so feucht bist«, keuchte er.

Durch ihre halb geschlossenen Lider sah Kira, dass er zu dem zweiten Strick griff. Voller Angst flehte sie ihn an: »Bitte, bitte, nein, es tut so weh, ich flehe dich an, tu es nicht, bitte …«

»Halt's Maul!«, schrie er sie an.

Kira verstummte augenblicklich. Jetzt blieb ihr nur noch das Warten auf das Ende. Es konnte sehr bald kommen – oder auch sehr lange auf sich warten lassen. Aber es wird kommen, ganz sicher, versuchte sie sich zu beruhigen, während sie fest die Lippen zusammenpresste. Er begann, den borstigen Strick zwischen ihren Beinen auf und ab zu reiben. Ihr Leib erschauerte. Wenn er doch so wie jetzt weitermachen würde, so sanft und doch ein wenig schmerzlich …

»Ahhh!« Kira schrie auf vor Schreck und vor Schmerz.

Jede Sanftheit war aus seinen Bewegungen gewichen. Mit unerbittlicher Schärfe zog er den Strick auf ihrem Kitzler hin und her, keuchte und lachte zufrieden, als sie mit ihren Beinen zu strampeln begann und erste Tränen in ihre Augen traten.

»Jetzt vergeht dir die Lust, nicht wahr, mein Vötzchen? Aber mir kommt sie jetzt erst richtig. Deine Gefühle interessieren sowieso niemanden.«

Sie hörte, dass er schluckte und immer schwerer

schnaufte, sie fühlte, wie er ihre Beine nach oben riss und seine Hände ihre Schamlippen ungestüm auseinander rissen, um den Weg zu bahnen für sein mächtiges Glied.

Kira glaubte zu zerbersten unter den harten Stößen, die er nun folgen ließ.

Sein verschwitzter Kopf vergrub sich in ihren Brüsten. Plötzlich spürte sie seine Zähne an einer ihrer Knospen, und für einen Moment blieb Kira die Luft weg vor Schmerz und Entsetzen, während sein Glied immer wilder, immer tiefer in sie stieß.

»Du Dreckshure!«, schrie er. »Nur Dreck bist du, abscheulicher Dreck!«

Nur Dreck bin ich für dich, dachte Kira, nur widerlicher, nutzloser Dreck. Aber Frau, Frau bin ich auch. Deine Frau, deine lustvolle, geile Frau.

Kira lächelte. Dann stieß sie mit voller Wucht ihre Zähne in seinen sehnigen Hals.

Die Frau aus dem Hinterhaus

Als sie vor einem Jahr die Wohnung bezogen hatte, war es ihr zunächst gar nicht aufgefallen. Vielleicht lag es daran, dass sie einfach froh gewesen war, endlich eine Wohnung gefunden zu haben – was gar nicht so selbstverständlich gewesen war bei der damaligen Wohnungsnot und der gebotenen Eile. Aber sie hatte Glück gehabt und schon beim zweiten Versuch eine kleine Zweizimmerwohnung erhalten, die recht günstig – in der Nähe ihrer Schule – lag und außerdem erschwinglich war.

Es war eine durchschnittliche Wohngegend mit durchschnittlichen Bewohnern, und die Wohnung war ebenfalls von durchschnittlicher Größe und Ausstattung. Ein Zimmer, das sie als Schlafzimmer benutzte, sowie die Küche und das kleine Bad lagen zur Straße hinaus; das zweite, kleinere Zimmer lag nach hinten hinaus, mit Blick auf einen Hinterhof.

Sie hatte diesen Hinterhof zunächst kaum wahrgenommen, zumal sie in den ersten Monaten das zweite Zimmer nicht benutzte, weil sie lange auf die Lieferung der Wohnzimmermöbel wartete, die man ihr eigentlich schon für viel früher zugesagt hatte.

So nahm sie den Hof tatsächlich erst bewusst wahr, als sie die Möbel dann endlich erhielt. Sie war froh, nun wirklich auch das zweite Zimmer nutzen zu können, und machte sich eiligst daran, die Möbel zu stellen und die restlichen Umzugskisten auszupacken.

Am Abend dieses Tages saß sie erschöpft, aber glücklich auf ihrem neuen Sofa und blickte im Zimmer umher, während sie zur Feier des Tages ein Glas Wein trank. Und genau da fiel es ihr zum ersten Mal richtig auf: das Hinterhaus, das von dem ihren durch einen kaum fünf Meter breiten Hof getrennt war. Durch ihr Fenster sah sie nämlich urplötzlich einen Lichtschimmer, der sie irritierte. Sie stand auf und lief zum Fenster, und dann erkannte sie, woher das Licht kam: aus einem Zimmer in nämlichem Hinterhaus.

Unwillkürlich blickte sie durch das hell erleuchtete Fenster in das fremde Zimmer. Wie ihr eigenes wurde auch das gegenüberliegende Fenster von keinen Gardinen verdeckt, und da sich beide zudem auf gleicher Höhe befanden, hatte sie einen freien Einblick in den Raum. Es war – das konnte sie auf den ersten Blick erkennen, obwohl sich niemand darin aufhielt – das Schlafzimmer einer Frau.

Ein Rattanbett stand an der rechten Wand, ihm gegenüber befand sich eine geschnitzte Holzkommode, über der ein antiker Spiegel hing. Dann stand da noch ein ebenfalls antiker Kleiderschrank, und links in der Ecke war ein Korbsessel zu erkennen, der über und über mit Kleidern bedeckt war. Die Tür zum Flur stand offen.

Lena nippte an ihrem Wein. Sie blieb am Fenster stehen, ohne recht zu wissen warum. Und ohne dass sie sich dessen bewusst wurde, trat sie ein wenig zur Seite, sodass sie, wäre plötzlich jemand in das andere Zimmer getreten, nicht ohne weiteres hätte bemerkt werden können.

Es war die reine Neugier, die sie am Fenster ihres Wohnzimmers verharren ließ, obgleich lange Zeit nichts geschah und alles, was sie sehen konnte, das leere Schlafzimmer einer Frau war.

Doch Lenas Neugierde wurde schließlich doch belohnt. Die Tür des gegenüberliegenden Zimmers wurde mit einemmal weit geöffnet, ein Schatten löste sich aus der Dunkelheit des Flurs, und dann trat sie ein – eine schlanke Frau von etwa dreißig Jahren, hellblond mit langen Locken. Sie war nackt.

Für einen Augenblick fühlte sich Lena verpflichtet, ihren Beobachtungsposten zu verlassen. Wenn ich jetzt hier stehen bleibe, dachte sie, lässt sich das nicht länger als bloße Neugierde entschuldigen, dann bin ich fast schon so etwas wie eine Voyeurin.

Doch sie konnte den Blick nicht abwenden. Erstens war ihr der Wein schon zu Kopf gestiegen und hatte ihre Sinne ein wenig durcheinander gebracht, und zweitens sagte sich Lena, dass doch eigentlich nichts dabei sei, jemand anderen zu beobachten.

Die Unbekannte war unterdessen vor die Kommode getreten und betrachtete sich im Spiegel. Sie begann ihr Haar zu bürsten, mit schwungvollen Bewegungen, die ihre Brüste wippen ließen.

Gebannt beobachtete Lena, wie sie dann, nachdem sie mit dem Bürsten aufgehört hatte, kritisch eine Brust anhob, um sie sorgfältig im Spiegel zu begutachten. Allem Anschein nach war sie zufrieden, denn gleich darauf ließ sie von der einen ab und wandte sich der anderen zu. Auch diesmal fiel das Urteil wohl günstig aus, denn sie griff nun zu irgendeiner Flasche, die auf der Kommode platziert war, und schüttete sich von dem Inhalt etwas in ihre hohle Hand.

Lena sah, wie die Blonde mit langsamen und seltsam aufreizenden Bewegungen die Lotion auf ihrem Körper zu verteilen begann. Ihre Hände kreisten um die Brüste, wobei die Daumen mehrmals bedächtig über die Brustspitzen strichen, wandten sich dann dem Bauch zu und – nachdem sie noch einmal nach der Flasche gegriffen hatte – ihrem wohlproportionierten Po. Danach folgten die schlanken Beine, die Arme, die Schultern und der Hals.

Noch ein Blick in den antiken Spiegel, dann wandte sie sich ab und ging zu dem Korbsessel, der in der Ecke stand. Sie hob ein paar der Kleidungsstücke hoch, ließ sie aber wieder fallen, da anscheinend nicht das darunter zu finden war, was sie gesucht hatte. Sie lief zur Kommode zurück, öffnete eine Schublade und nahm etwas Weißes heraus. Es war ein kurzes Hemdchen, wie Lena gleich darauf erkannte, nachdem die Blonde es sich übergestreift hatte und dann zum Bett schlenderte. Sie schlug die Tagesdecke zurück, warf die Kissen auf den Boden und streckte sich auf der Bettdecke aus.

Lena hatte gerade beschlossen, dass es nun wirklich an der Zeit wäre, ihren Posten neben dem Fenster aufzugeben, als die fremde Frau sich unerwartet auf die Seite rollte, die Matratze an der Wandseite ein wenig anhob und eine Zeitschrift hervorholte. Sie blätterte die Seiten hastig durch, bis sie gefunden hatte, wonach sie offenbar gesucht hatte.

Während die Unbekannte mit der einen Hand sich das Heft dicht vor die Nase hielt, griff die andere an den Saum ihres Hemdes und schob es mit einer schnellen Bewegung nach oben. Lena sah, wie sie ihre Beine spreizte und anwinkelte und ihre Hand langsam an den Innenseiten der Schenkel hinaufwanderte zu dem rötlich behaarten Dreieck zwischen ihren Beinen. Währenddessen blätterte sie ab und an mit der anderen Hand geschickt eine weitere Seite des Heftes um. Lena hielt den Atem an, als die Frau sich zu streicheln begann und ihre Hand dann fast völlig zwischen den Beinen verschwand.

Ihr Unterkörper hob und senkte sich dabei in einem rhythmischen Takt. Mit großen Augen beobachtete Lena, wie sich die Matratze mit dem Rost des Bettes deutlich dem Boden näherte, wenn sich die Blonde gar zu leidenschaftlich in die Kissen presste.

Mit einemmal jedoch unterbrach die Blonde ihre Bewegungen und hob ein weiteres Mal die Matratze zwischen Bett und Wand empor. Diesmal kam ein länglicher Gegenstand zum Vorschein.

Lena hatte einige Mühe, zu erkennen, um was es sich handelte. Doch als sie wusste, was es war, schoss ihr die Schamröte ins Gesicht.

Es handelte sich ohne Zweifel um einen Vibrator, und während Lena noch mit ihrer guten Erziehung kämpfte und Scham und Erregung einen ungleichen Kampf in ihr ausfochten, hatte die Frau den Vibrator längst seiner Bestimmung zugeführt.

Sie ließ ihn zunächst sehr langsam zwischen ihren hoch aufgestellten und weitgespreizten Beinen kreisen, um ihn dann mit einer heftigen Bewegung in ihrem Unterleib verschwinden zu lassen. Wieder senkte sich die Matratze im rhythmischen Takt.

Das Heft war inzwischen zu Boden gefallen, und Lena konnte ihre Unruhe kaum unterdrücken, als sie sah, wie die Frau Kopf und Oberkörper wild auf den Kissen hin und her warf, den Mund zu einem lautlosen Schrei geöffnet.

Unruhig trat Lena von einem Fuß auf den anderen. Sie presste ihren Bauch gegen die kühle Wand ihres Wohnzimmers. Fast ohne es selbst zu merken, stellte sie das Weinglas ab und begann ihre Brüste zu streicheln.

In diesem Moment sah sie, wie der Oberkörper der blonden Frau mit einemmal nach oben schnellte, einen Augenblick verharrte und dann ermattet zurücksank.

Lena schluckte. Noch immer konnte sie sich nicht von der Stelle rühren. Noch immer konnte sie ihren Blick nicht von dem unfreiwilligen Schauspiel abwenden, das die blonde Frau aus dem gegenüberliegenden Haus ihr an diesem Abend bot.

Diese zog bald darauf den Vibrator zwischen ihren Beinen hervor, ließ ihn unachtsam zu Boden gleiten und drehte sich schläfrig zur Seite.

Lena wandte sich ab. Das selbstvergessene Liebesspiel der fremden Frau hatte sie in große Erregung versetzt. Ohne einen weiteren Blick auf das Fenster im Nachbarhaus zu werfen, streifte sie ihr Kleid ab, entledigte sich ihres Slips und ihres BHs und sank auf das neue Sofa. Sanft begann sie ihre Brüste zu kneten und über ihre Brustspitzen zu streichen. Ihr Interesse galt jetzt einzig und allein ihrem eigenen Körper.

Und so sah Lena auch nicht die blonde Gestalt, die an das Fenster des gegenüberliegenden Zimmers getreten war, um in neu aufflackernder Erregung die nackte Frau in dem hell erleuchteten Wohnzimmer des Vorderhauses zu beobachten …

Heute Abend …

Der Gürtel.
Das glatte Leder fühlt sich kalt an in meiner
Hand.
Heute Abend …

Dein Blick war deutlich, vorhin beim Abschied an
der Tür.
Heute Abend werde ich deine Stärke spüren,
deine Leidenschaft.
Und das glatte, kalte Leder.
Heute Abend …

Angst und Faszination, Beklemmung und
Erregung.
Alles in mir ist in hellem Aufruhr.
Erwartung.
Heute Abend …

Deine Sklavin werde ich sein,
unterwürfig,
demütig,
gehorsam,
ausgeliefert,
deinen Befehlen gehorchend,
den Schmerz erwartend.
Heute Abend …

Im Spiegel begegnet mir mein vor Aufregung gerötetes Gesicht.
Mein Blick ist verwirrt, ist voller Liebe.
Und voller Stolz: Ich bin eine masochistische Frau.
Ich will dir gehorchen – dir, meinem Geliebten.
Schmerzen wünsche ich mir – und Zärtlichkeit,
deine Härte und deine Weichheit.
Heute Abend …

Ich will schön für dich sein.
Es soll dir Lust bereiten, mich zu demütigen, meinen Körper zu züchtigen.
Vor dem großen Spiegel im Schlafzimmer kleide ich mich aus.
Betrachte mich nackt.
Von hinten, von vorn, gebeugt.
So wirst du mich sehen.
Heute Abend …

Ich kann es kaum mehr erwarten.
Ziellos laufe ich durch Straßen und Geschäfte.
Ein köstliches Mahl will ich dir bereiten, danach …
Ein Bad will ich für dich nehmen, mit duftenden Essenzen, davor …
Ich will verlockend sein für dich.
Heute Abend …

Hingabe im Badewasser.
Alle Gedanken an dich, an den heutigen Abend,
an Lust und Schmerz.
Mit zitternden Händen verteile ich Parfüm auf meinem Körper.
Es ist dein Körper.
Welche Bestimmung könnte köstlicher für ihn sein?

Draußen ist es dunkel geworden.
Schritte nähern sich.
Deine Schritte.
Es ist Abend geworden. Viel zu schnell.
Die süße Trunkenheit banger Erwartung,
lustvolles Warten auf dich.
Heute Abend …

Dein Blick ruht auf mir.
Ruhig, entschieden.
Ich gebe mich hin:
deiner Liebe, deiner Stärke,
dem Schmerz,
unserem Glück.

Die Seligkeit beim Aufwachen.
Wie herrlich es ist, dich zu fühlen, obwohl du nicht
mehr bei mir bist.
Deine Zeichen, den Schmerz,
auf meinem Rücken,
auf meinen Schenkeln.

Glücklich eile ich zum Spiegel.
Stolz lässt mich erzittern.
Deine Handschrift ist fein gezeichnet.
Deine Zeichen.
Mein Körper ist dein geworden.
Diamanten könnten mich nicht stolzer machen.

Herrenabend

Die Scheinwerfer blitzten auf. Das flutende rote Licht fing ihren Körper ein.

Jenny tanzte.

Ihr Körper gab sich dem Rhythmus des wilden Trommelwirbels hin, der gerade eingesetzt hatte. Sie wiegte ihre Hüften, ging in die Knie und wand sich langsam wieder hoch.

Ihre Augen waren geschlossen. Ihr langes schwarzes Haar, das ihr bis zur Taille reichte, schlug auf ihren goldfarbenen Körper.

Jenny war nackt.

Mit dem letzten Hüftschwung, der letzten Drehung hatte sie das letzte Kleidungsstück abgestreift: den seidenen weißen Stringtanga, der ohnehin mehr offenbart als verhüllt hatte, sich aber äußerst reizvoll von ihrer dunklen Haut abgehoben hatte.

Auf ihrem Körper glänzten Schweißperlen, sie erinnerten an den glitzernden Morgentau auf dunklem Holz.

Jenny bog ihren geschmeidigen Körper nach hinten, so weit, dass ihre Haare fast den Boden berührten. Ihre Schenkel waren dabei gespreizt und boten einen unverhüllten Einblick in ihr schwarz besamtetes Dreieck. Es war das gleiche Schwarz wie das ihrer Haare.

Der Trommelwirbel steigerte sich, Jennys Bewegungen wurden wilder, unkontrollierter. Ihre Glieder zuckten unter den Scheinwerfern, die Schweißperlen auf ihrer Haut vermehrten sich.

Dann, mit einer überraschenden Bewegung, ließ sie sich zu Boden fallen. Regungslos lag sie auf dem Rücken, den Blick zur Decke gerichtet. Nur ihr Brustkorb hob und senkte sich im schnellen Takt der Trommeln.

Dann streckte sie die Arme nach oben. »Kommt«, seufzte sie, kaum hörbar, mit vor Anstrengung und stiller Erregung gedämpfter Stimme. »Kommt endlich!«, sagte sie noch einmal, etwas lauter diesmal und sehr viel fordernder.

Sie öffnete ihre Beine und lächelte. Erwartungsvoll.

Die drei Männer, die bis dahin verzückt auf ihren Stühlen vor der kleinen Bühne verharrt hatten, und gebannt Jennys erotischem Tanz und Striptease gefolgt waren, sprangen auf.

Beinahe gleichzeitig erreichten sie das Podest, und noch während sie die Bühne bestiegen, entledigten sie sich in hastigen Bewegungen ihrer Kleidung. Ungestüm warfen sie Hosen, Hemden, Unterwäsche von sich und verharrten dann einen Augenblick regungslos und schweigend.

Jenny lag immer noch auf dem Boden. Ihre feuchte, goldfarbene Haut glänzte, ihr Haar hatte sich wirr auf dem Boden ausgebreitet. Ihre Augen hielt sie nach wie vor geschlossen, aber ihre Lippen waren nun weit geöffnet – so wie ihre Schenkel.

Langsam näherte sich der erste Mann dem verlockend glitzernden Dreieck, das sich so prächtig darbot. Seine Hände spreizten vorsichtig ihre heißen Lippen. Er stöhnte leise.

Der zweite Mann hatte sich unterdessen Jennys Brüsten zugewandt. Pralle, runde Brüste waren es, die sich ihm da entgegenstreckten und aus deren Mitte wie spitze Dornen ihre hoch aufgerichteten Warzen ragten. Er beugte sich über die rechte und nahm sie in seinen Mund. Sogleich begann seine Zunge, sie zärtlich und doch kräftig zu liebkosen.

Inzwischen hatte auch der letzte, der dritte Mann ein Ziel seiner Begierde gefunden: Jennys Gesicht, ihren wollüstig geöffneten Mund, die vollen roten Lippen. Er fuhr mit dem Zeigefinger die einladenden Konturen nach. Schon gab sie nach und öffnete unter leisem Stöhnen bereitwillig den Mund noch ein wenig weiter. Er stieß seine Zunge hart in ihre warme Mundhöhle, fühlte ihre raue Zunge auf der seinen. Jenny bebte.

Die Musik war langsamer geworden, verhaltener. Wie in Zeitlupe drang die Trommelmusik jetzt aus dem Lautsprecher.

Die vier Menschen oben auf der Bühne hatten mittlerweile ihren eigenen Rhythmus gefunden.

Jenny schrie leise auf, als der erste Mann ihre Beine anhob und langsam in sie eindrang. Der zweite Mann saugte nunmehr mit wachsender Leidenschaft an ihren Brustwarzen. Sie wollte die Zähne zusammenbeißen, aber das gelang ihr nicht mehr, denn der dritte Mann hatte ihrem Mund bereits eine andere Aufgabe zugeteilt: Er hatte ihren Kopf zwischen seine Beine genommen, hob mit der Hand ihren Nacken an und drängte sein Glied zwischen ihre weichen Lippen.

Ein Trommelwirbel hob an, vermischte sich mit den Lustschreien, dem Stöhnen der vier Menschen, die auf dem roten Samtboden des Podestes ihre Körper in wilden Bewegungen ineinander verschmelzen ließen. Immer lauter dröhnten die Trommeln, immer schneller …

Dann – Ruhe. Die Musik war verstummt. Auf der Bühne vier Körper, erschöpft, verschwitzt, miteinander verschlungen.

Als Jenny seufzend die Augen öffnete, waren zwei der Männer gegangen.

»Bau das Podest ab und stell es gleich in den Keller«, sagte sie zu dem dritten Mann, der angekleidet vor ihr stand. »Du weißt schon, die Kinder ...«, mahnte sie, während sie aufstand, um ins Badezimmer zu gehen. »Und bring die Gläser in die Küche!«

»Natürlich, meine Liebe«, sagte der Mann und warf seiner Frau einen bewundernden Blick nach. »Übrigens: Ich freue mich schon auf unseren nächsten Herrenabend.«

Zufällige Berührung

Eine Berührung. Eine zufällige Berührung wie so viele, so unendlich viele davor. Aber diese ist anders.

Mein Atem stockt, die Härchen auf meinen Unterarmen richten sich auf. Langsam wandert mein Blick nach oben: Der fremde Arm gehört einem dunkel gekleideten Herrn mittlerer Größe – mit Aktenkoffer, Schirm, Brille. Er ist überhaupt nicht mein Typ – eigentlich …

Die Straßenbahn schaukelt weiter. Da, noch eine Berührung. Und wieder derselbe Effekt: Stromschläge in meinen Blutbahnen. Was ist los mit mir?

Er, der Unscheinbare, scheint es auch zu spüren. Er blickt mich an. Viel zu lange, was mich noch unruhiger macht. Es gelingt mir nicht, mich abzuwenden. Wie gebannt verharre ich regungslos. Irgendetwas muss dieser Mann an sich haben. Wie sonst käme mein Körper dazu, so zu reagieren?

Besagter Herr mittlerer Größe scheint in meinem Gesicht ebenfalls verzweifelt nach dem gewissen Etwas zu suchen, was ihn unablässig auf mich blicken lässt.

So geht das eine ganze Weile: Auge um Auge, Blick um Blick. Dann ein Lächeln. Von ihm natürlich. Ich habe schließlich meinen Stolz – oder jedenfalls eine gute Kinderstube …

»Kennen wir uns?«

Du liebe Güte! Selten bin ich so abgeschmackt angesprochen worden. »Nicht dass ich wüsste«, antworte ich.

»So, ich dachte, ich hätte Sie schon an der Uni …«

Sie? Der Mensch spinnt total. Ein absoluter Anti-Typ – ich wusste es ja gleich.

Nur mein Körper spinnt. Das prämenstruelle Syndrom vielleicht? Nein, kann nicht sein. Also muss es doch an ihm liegen. Unglaublich! Vielleicht bin ich einfach zu empfänglich geworden, oder ich habe meine erotischen Tage, was weiß ich. Jedenfalls hält mich irgendwas noch immer an seiner Seite in der schaukelnden Bahn.

Meine Haltestelle. Sie kommt näher – und bleibt zurück. Wie ich. Neben dem Anti-Typ, der vergeblich nach ein paar einnehmenden Sprüchen sucht.

Also gut, ab und zu muss auch die zum Warten verurteilte Weiblichkeit initiativ werden für ihr Glück oder für das, was sie dafür hält.

»Bei dem Italiener da drüben an der Ecke gibt es einen himmlischen Espresso«, locke ich.

»Ah ja?«

Mein Gott, Mann, sag doch was!

»Der Espresso«, hake ich nach, »schmeckt bei ihm zu jeder Tageszeit. Und zu zweit schmeckt er noch viel besser. Es spricht doch nichts gegen ein Tässchen zu zweit, oder?«

Keine Antwort. Stattdessen starrt er auf meine Brust. Seine viel zu hohe Stirn legt sich in tiefe Falten. Jetzt sieht er noch unvorteilhafter aus – was ich eigentlich kaum mehr für möglich gehalten hatte.

»Sie meinen, wir beide …?« Er sieht mich mit großen Augen an.

Richtig, du Armleuchter, denke ich. Wir beide, du und ich! »Warum nicht?«, entgegne ich keck, während meine körperlichen Reaktionen immer noch auf vollen Touren laufen. Möchte wirklich wissen, wieso. Aber gut, Gefühl ist Trumpf, und ab und zu muss man dem Körper einfach nachgeben. Vernunft hin, Kopf her: Mein Body hat gesprochen.

»Also steigen wir jetzt aus«, schließt er messerscharf und müht sich umständlich mit seinem Koffer und dem Schirm ab.

Beim Verlassen der Bahn kommt es zur nächsten zufälligen Berührung. Mir bleibt die Luft weg. Elektrische Ströme schießen mir durch Mark und Bein – und noch ganz woanders hin. Ich muss ihn haben!

Ich muss diesen Typ einfach haben – ihn, der mir wenig später ziemlich ratlos und vertrottelt beim Italiener gegenübersitzt und erklärt: »Ich mag dieses Zeug nicht.«

Mit »diesem Zeug« meint er den Espresso, für den manche Leute zehn Kilometer weit fahren.

Einen Kamillentee bestellt er. Ich versinke vor Scham. O Pedro, erzähl bloß keinem davon!

Pedro lächelt reserviert. Heute spielt alles verrückt.

Mein Gegenüber rührt unterdessen mindestens eine halbe Stunde lang in seinem Kamillentee. Wie ich so was hasse! Warum tue ich mir diesen Menschen nur an?

Die Frage beantwortet sich bei der nächsten zufälligen Berührung. Tausend Funken tanzen unter meiner Haut, aktivieren jede Faser, jeden Nerv.

Ich sehe seine langen, schlanken Finger zum Teekännchen greifen. Ich fühle sie auf meinen Brüsten, spüre, wie sie über meinen Bauch und zwischen meine Beine gleiten. Finger um Finger. Etüden der Lust.

Unruhig rutsche ich auf meinem Sitz hin und her. Sag doch was, mach doch was!

»Gut, der Kamillentee«, sagt er.

Raus hier, denke ich, das kann doch alles nicht wahr sein!

Dann erzählt er von seiner Arbeit. Ewig.

Zur Sache, Schätzchen, denke ich – und bezweifle zugleich, dass er überhaupt begreifen würde, was *Sache* bedeutet. Ich sollte gehen, ganz schnell, sofort.

Nein, nein, bleib, bettelt mein Körper.

Nun gut, noch ein Versuch. Der allerletzte.

»Meine Wohnung ist hier gleich in der Nähe«, lege ich los, »klein, aber mein – und Kamillentee habe ich auch«, schließe ich lässig.

Er blickt mich verständnislos an. »Ich muss jetzt nach Hause.«

Na klar! Was hast du eigentlich erwartet? sage ich mir. Er muss nach Hause – zu Frau und Kind. Schau ihn dir doch an: Zu Rotkohl und Kamillentee muss er …

Mein Körper bäumt sich auf. *Er* ist noch nicht bereit aufzugeben.

Mein Anti-Typ winkt Pedro, will zahlen. »Getrennt«, verlangt er, und mir verschlägt es die Sprache.

Stumm zähle ich die Münzen auf den Tisch.

»Also dann«, sagt er und steht auf.

Verschwinde bloß, will ich schreien, aber eine weitere zufällige Berührung verhindert das. Heiße Wogen durchfluten meinen Körper. Er muss es doch merken!

Noch ein Versuch, ein allerletzter, betteln meine Sinne. Ich verfluche im Geist meine sexuellen Bedürfnisse, schlucke den kümmerlichen Rest meines Stolzes hinunter und strahle ihn an. »Wirklich, es ist nur ein Katzensprung. Meine Wohnung liegt gleich da drüben, über dem Schreibwarenladen. Die mit der großen Terrasse. Wir könnten auch draußen …«

Er blickt an mir vorbei, dann erhellt sich sein Gesicht. »Meine Bahn! Also, auf Wiedersehen!«

Sagt er und stürmt davon. Hässlich, blass, nichts sagend – der totale Anti-Typ eben.

Vergiss ihn, rede ich mir beruhigend zu. Und trotte deprimiert nach Hause, meines Stolzes beraubt und mit angeschlagenem Selbstbewusstsein. Doch immer noch stehen mir alle Haare zu Berge, und alle Sinne sind auf Empfang geschaltet.

Zu Hause angekommen, werfe ich meine Tasche in die nächste Ecke und beschließe, meinem Frust mit einem doppelten Espresso zu Leibe zu rücken.

Als ich den Küchenschrank öffne, lacht mir die Kamillenteepackung höhnisch entgegen. Wutentbrannt schlage ich die Tür zu.

Nur raus hier! Zu Bert am besten. Der ideale Seelentröster. Oder besser noch zu Roland. Bei ihm finde ich Balsam und Befriedigung für den schmachtenden Körper. Doch irgendetwas gefällt mir an beiden Lösungen nicht.

Es klingelt. Wer wagt es jetzt, mich zu stören? Missmutig trotte ich zur Tür.

»Ich dachte ... ich meine ... wenn das Angebot mit dem Tee und der Terrasse noch gilt ...«

Ich glaube zu träumen. Doch ein zweiter Blick überzeugt mich vom Gegenteil. Meine Knie werden butterweich.

»Äh ... ja«, sage ich, in der Sprachvielfalt ihm erschreckend ähnlich geworden. »Bitte, hier entlang ...«

Er stolpert über meine Tasche und ich über seinen Schirm hinweg in die Küche.

Zärtlich öffne ich die Tür zum Küchenschrank, betrachte verzückt die Kamillenteepackung und stelle überrascht fest, dass ich restlos glücklich bin ...

Blind date

Morgens erfüllte mich lustvolle Spannung. Zehn nach elf, jetzt könnte er schon da gewesen sein. Er, der Postbote. Vielleicht auch eine Postbotin. Aber das ist uninteressant. Wichtig sind nur die Briefe, Antworten auf meine Anzeige im Stadtmagazin: *»Blind date gesucht«*. Gleichgesinnte finden sich zuhauf. Viele haben Lust auf die Lust ohne Frust, auf Liebe ohne Verpflichtung, auf Leidenschaft ohne Zwang.

Mir geht's genauso. Zu viel gestritten, zu viel erhofft, zu oft enttäuscht. Jetzt nehme ich mir die Liebe wie eine neue Wohnung, ein besseres Auto oder den monatlichen Friseurbesuch. Allein meine Bedürfnisse gilt es zu stillen – per Anzeige und nach den Prinzipien der freien Marktwirtschaft: den Vorzug dem, der am meisten für das wenigste bietet.

An diesem Morgen mache ich satte Beute: vier Briefe mit dem unscheinbaren und doch verräterischen Absender finde ich in meinem Postkasten. Wer viel schreibt, kommt nicht in Frage, und den mit der Kinderhandschrift mag ich auch nicht. Der dritte gefällt mir gut. Die Beschreibung ist kurz und prägnant. Ein Meter zweiundachtzig groß, siebzig Kilo, dreißig Jahre, stark gebaut. Treffen nur im Hotel möglich. Sehr gut, ein Verheirateter, das sind die Besten, mit denen gibt es keine Probleme und keine Verwicklungen, weil sie sich selbst keine leisten können.

Ich trinke Kaffee, dusche, dann wähle ich die angegebene Nummer. Ein Geschäftsanschluss, logisch, zu Hause hört die Familie mit. Es werden nicht viele Worte gemacht. »Hast du Lust heute?«, fragt er. »Ja«, sage ich.

Verabredung in einer Pension, klein und verschwiegen und etwas außerhalb der Stadt. Die Stimme klingt gut, er fragt nicht, wie ich aussehe, was mir gefällt, weil's die Spannung erhöht, und deshalb frage ich auch nicht. Keine Ahnung, ob ich einen blonden Brillenträger oder einen schwarzhaarigen Schnauzträger treffen werde. Aber darauf kommt es ja ohnehin nicht an.

Noch zwei Stunden bis zum Date. Das Ritual bestimmt den Ablauf, schon vor dem eigentlichen Beginn. Schmeichelnde Musik, ein heißes Bad. Wohlig im warmen Badewasser liegend, stelle ich mir vor, was nachher möglicherweise passieren wird. Meine Hände kreisen um meinen Bauch, über meine Schenkel, spielen an den aufgeweichten Brustwarzen. Schaum an den Lippen, die sich schon bei dem Gedanken an das Kommende erwartungsvoll öffnen. Danach die samtig-süß duftende Lotion. Spitzenwäsche, seidig und weiblich, nur zum Auskleiden gedacht und ausgesucht. Ich wähle Schwarz, ziehe auch die feinen Nahtstrümpfe an, obwohl es eigentlich viel zu heiß dafür ist, aber es ist schön, wenn einer sie abstreift, ganz langsam …

Mein Körper ist bereit, und mein Geist ist so willig wie schon lange nicht mehr.

Ich bin pünktlich und parke den Wagen auf dem Parkplatz vor dem Haus. In der Lobby der Pension steht eine schwarze Ledergarnitur: unser Treffpunkt. Ich bin als Erste da. Das gefällt mir, weil ich es hasse, unter prüfenden Männerblicken suchend durch die Halle zu laufen. Die Schwingtür dreht sich. Ein schlaksiger Blonder kommt herein, schenkt mir und der Ledergarnitur keinen Blick, sondern läuft zielstrebig zur Rezeption. Fehlanzeige. Schade eigentlich …

Da, wieder die Schwingtür. Er ist dunkel und seine Augen sind fast grün. Mein Herz klopft. Mein Körper spürt, dass er es ist. Er lächelt, lässt mich aber stehen und holt zuerst vom Portier einen Schlüssel. Dann kommt er langsam auf mich zu, und ich sehe, dass er es genießt, so von mir gemustert zu werden. Schöner fremder Mann, gleich werden wir uns nah sein, und ich weiß nicht einmal, woher du kommst und wer du bist …

Spannung.

Im Aufzug, auf dem Weg nach oben, in die verbotene und viel zu schnelle Nähe, stehen wir dicht an dicht. Unsere Münder treffen sich, Lippen öffnen sich, Zungen kreisen umeinander. Am liebsten hier, gleich, jetzt, unser Atem keucht, Herzen schlagen im schnellen, aufgeregten Takt.

Ein halber Meter aufreizende Spannung zwischen uns auf dem Gang, auf dem Weg zu unserem Zimmer. Nummer 37. Er bleibt stehen, öffnet mit ruhiger Hand die Tür. Ernüchterndes Ambiente, die typische Ausstattung: Bett, Schrank, Tisch und Stuhl, kleines Badezimmer in Beige und Grün.

Er lässt die Jalousien herunter, so weit, dass nur noch ein fahler Schein des Tageslichts in das Zimmer dringt. Wir sehen uns und unsere Körper, nicht aber die Welt da draußen. »Ein Sekt?« Die ersten Worte, der erste Satz. Ich nicke: »Gern.« Er kniet vor der Minibar und zaubert zwei Flaschen Haussekt und zwei Gläser hervor. Wir sitzen auf dem Bett, prosten uns zu und trinken den Sekt und unsere gierigen Blicke. Zwei halb volle Gläser stehen bald neben dem angenehm gefederten Polsterbett. Wir verlieren keine Zeit. Hände öffnen fremde Knöpfe, Schleifen, Reißverschlüsse und Rockbünde.

Wieder treffen sich unsere Münder, unsere Zungen kreisen fordernder, wilder, härter. Ich liege auf dem Rücken, nackt bis auf die Strümpfe, die er mir noch nicht abgestreift hat – wenn's ihm gefällt …

»Ich will, dass du dich umdrehst«, sagt er, leise und schnell, nachdem seine Hände an meinen Brüsten eine Geschicklichkeit bewiesen haben, die ich lange nicht mehr erlebt habe. Ich leiste seinem Wunsch lustvoll Folge.

»Stütz dich auf.« Ich folge seinem Wunsch, und er presst meine Beine auseinander, drängt sich mit seinem Körper dazwischen. Mein Gesicht liegt auf dem Kopfkissen, das nach Hotelwaschmittel riecht. Antiseptisch und nüchtern zieht es in meine Nase, während sein Schwanz tief von hinten in mich eindringt.

Er ist wirklich sehr gut gebaut, das hatte ich schon sehen können, aber noch besser kann ich es fühlen, jetzt, so, in dieser Stellung, in der er mit harten Stößen von mir und meinem Unterleib Besitz ergreift. Er ist verdammt gut und weiß, was ich will: Seine Finger streichen währenddessen an meinem Kitzler im Rhythmus seiner Stöße, so lange, bis ich meinen Mund in das weiße, saubere Kissen presse und meine Brüste wild und unkontrolliert auf das Laken schlagen. Dann kommt er – von seiner eigenen Lust überwältigt, liegt er wenig später auf meinem Rücken, angenehm heiß, aber nicht zu schwer.

Unser Schweiß vermischt sich, zwei ermattete Körper liegen aufeinander und sind noch ineinander verhakt, während unsere Herzen schon langsam wieder den normalen Rhythmus finden.

»Schön«, sage ich.

»Schön«, sagt er.

Ein letzter Schluck Sekt im Stehen.
»Die Rechnung …?«
»Bezahl ich schon«, sagt er an der Tür und streicht mir über die Wange. Er nimmt die Treppe, ich den Aufzug. Es ist wie ein Ritual: Danach verlässt man getrennt das Haus.
Im Auto drehe ich die Musik auf volle Lautstärke und öffne das Schiebedach. Ein herrlicher Tag.
Als ich wenig später nach Hause komme, fällt mein Blick zuerst auf den Postkasten. Beschwingt laufe ich die Treppe hinauf zu meiner Wohnung …

Der Mann von Celine

In meiner Fantasie lebe ich zu Beginn des letzten Jahrhunderts. Eine wichtige Rolle spielt in meiner Geschichte der Mann meiner Freundin. Aber das werden weder er noch meine Freundin jemals erfahren. Doch in meinen Träumen ist ja alles möglich, in meinen Träumen bin ich frei, frei von moralischen Zwängen …

Es ist bald neunzehn Uhr, und ich bin gerade neunzehn Jahre alt. Es ist Winter und bitterkalt.

Frierend stehe ich vor dem Stadtpalais, in dem meine Bekannte wohnt, und klopfe an das große Tor. Eine Zofe öffnet und fragt nach meinem Namen, dann führt sie mich in einen Raum im linken Flügel des Hauses.

Mir den Rücken zugewandt, sitzt dort ein Mann am Schreibtisch. Mir fallen der sehr maskuline Nacken und die ruckartigen, herrischen Bewegungen des Kopfes auf. Der Mann brüllt etwas in sein Telefon. Dann dreht er sich unvermittelt zu mir um; die porzellanblauen Augen eines Vierzigjährigen richten sich auf mich.

»Bitte verzeihen Sie«, sage ich verschüchtert, »ich bin mit Ihrer Frau verabredet. Das Mädchen muss mich missverstanden haben.«

Vergnügt verzieht er sein Gesicht zu einem breiten Grinsen. »Was soll ich denn verzeihen? Dass eine schöne Frau gekommen ist, um den armen Arbeitssklaven einen Augenblick zu zerstreuen? Ich bin entzückt und beneide Celine um diese attraktive Freundin!«

Dann setzt er sich lässig auf die Armlehne meines Sessels, zündet sich eine Zigarette an, schenkt Whisky in zwei riesige Gläser aus geschliffenem Kristall ein und reicht mir das eine. Ich habe noch nie Whisky getrunken und lehne ab.

»Aber Sie sind meine Gefangene, meine Schöne«, erwidert der Mann, ohne mir die Ablehnung übel zu nehmen. »Doch erzählen Sie: Wer sind Sie, und warum hat mir Celine nie von Ihnen erzählt?«

»Oh«, sage ich, »ich kenne Celine erst seit einer Woche, aber es war Freundschaft auf den ersten Blick, und sie hat mich für heute Abend hier zum Essen eingeladen.«

»Ah, Sie essen hier zu Abend. Eigentlich wollte ich ja heute Abend mit ein paar Leuten ausgehen, aber angesichts der Umstände werde ich selbstverständlich lieber bleiben ...«

Er erhebt sich und verlässt den Raum, nicht ohne mir vorher eine Kusshand zuzuwerfen und mir zu versichern: »Bis gleich, ich liege zu Ihren Füßen, unmögliche Madame ...«

Während ich warte, trinke ich von dem Whisky. Das ungewohnte Getränk benebelt rasch meine Sinne.

Dann erscheint ein Kammerdiener und bringt mich zu Celine. Als ich hinter ihm die Treppe hinaufsteige, berühren meine Füße kaum den Boden. Ich schwebe. Ich bin Alice im Wunderland.

Celine ist blond, schlank und rassig und malt surrealistische Bilder. Ich bewundere ihre Bilder und ihre weibliche Ausstrahlung so sehr, dass mein Vertrauen in meine jugendliche Schönheit mit einem Schlag dahin ist. Gewiss, ich bin hübsch – aber auch unsagbar linkisch. Und das ärmellose schwarze Kleid, das mich viel Geld gekostet hat, wirkt hoffnungslos provinziell im Vergleich zu der umwerfenden Kreation der berühmten Schneiderin Roisson, die meine Gastgeberin trägt.

Celine schenkt mir ein ehrliches Lächeln. »Sie haben meinen Gatten Jean in drei Minuten erobert? Da haben Sie aber einen gefährlichen Fang gemacht! Ich kenne keinen Verführer, der meinem Mann ebenbürtig wäre, und ich habe immerhin einige ausprobiert ...« Sie lächelt tatsächlich ohne jede Eifersucht.

Später, bei Tisch, sitze ich neben Jean. Celine selbst hat es so gewünscht und dafür einen dankbaren und verliebten Blick ihres Gatten erhalten.

Die Vorspeise wurde kaum aufgetragen, da spüre ich, wie seine zärtliche Hand sich auf mein Knie legt. Finger streifen meinen Schenkel, nähern sich dem Slip. Ängstlich beobachte ich Celine, die anmutig und ungerührt zum zweiten Gang übergeht.

Wir sprechen über Mode, über Gesellschaften, über die Ausstellung eines bekannten Malers im Kunstmuseum der Stadt. Ich merke, wie ich immer betrunkener werde von dem schweren Rotwein, den Jean mir unentwegt nachschenkt.

Nach dem Kaffee sage ich, dass ich gehen möchte. Ich bin in hohem Grade erregt, obgleich sich Jean während des ganzen Diners damit begnügt hat, unablässig mit seinen weichen Händen meinen rechten Schenkel zu streicheln.

Als ich aufstehe, um mich zu verabschieden, schlägt mein Gastgeber vor, mich von seinem Chauffeur fahren zu lassen. Nachdem ich mich bei Celine für den Abend bedankt habe, begleitet mich Jean nach draußen. Ich blicke ihm in die Augen, in diese Gletscheraugen, die mich hypnotisieren.

Als ich in den Fond des Wagens gestiegen bin, gleitet

Jean plötzlich auf den Platz neben mir. Wir fahren ab. Nach ein paar Metern legt er seinen Arm um meine Schulter, und mich erfüllt ein unglaubliches Behagen.

In einer Gegend, die ich nicht kenne, halten wir an. Jean und ich steigen aus dem Wagen und betreten ein vornehmes Gebäude. »Mein Büro«, erklärt er und führt mich in einen langen, rotbraun tapezierten Raum.

Auf Knopfdruck öffnet sich eine in die Wand eingelassene Bar, die in riesigen Mengen jenen Whisky bereithält, mit dem ich mich vor dem Diner allzu schnell angefreundet habe. Jean füllt nur ein Glas für uns beide.

Während ich trinke, streichelt er sanft meine Brust. Dann entkleidet er mich Stück für Stück, und bald habe ich nur noch mein schwarzes Hemdchen an. Kraftvoll umfasst er meine Taille und hat mich schon auf den Teppich niedergestreckt.

Wir lieben uns auf dem Boden, rollen von der einen Seite zur anderen. Er zerreißt mein dünnes Hemdchen und drückt seine heißen Lippen auf meine nackte Haut. »Wie schön du bist!«, flüstert er, und ich versuche das Bild Celines aus meinem Kopf zu verbannen, die mir so viel begehrenswerter erscheint als ich.

Die Erinnerung an Jeans Ehefrau wirkt ernüchternd auf mich und mein Begehren. Ich will aufstehen. Doch Jean ist noch lange nicht von mir gesättigt. Ohne auf meine Wünsche einzugehen, drückt er mich zu Boden, kniet sich neben mich, spreizt mit kraftvollem Griff meine Beine und zieht meinen widerstrebenden Leib zu sich heran.

Nein! Ich will nicht! Doch er krallt seine Hände in meine Brüste, und sein Mund knebelt den meinen. Ich schäme mich furchtbar, auf einmal – und muss mich doch seinen kraftvollen Stößen ergeben.

Auf einmal unterbricht er seine rhythmischen Bewegungen und gebietet mir, mich umzudrehen. Ich versuche den Umstand, dass er nicht mehr in mir ist, zur Flucht zu nutzen, doch er packt meine Fußknöchel und wirft mich auf den Bauch. »Hier geblieben!«

Mit einer Hand drückt er meinen Unterleib nach oben, mit der anderen spreizt er meine Beine – und dann geschieht das Unglaubliche: Wie ein wild gewordener Stier rammt er mit einem einzigen Stoß all seine Männlichkeit in die enge Öffnung meiner Gedärme. Ich schreie eine Ewigkeit lang – auch noch, als ich mich schon längst an den beißenden Schmerz gewöhnt habe und seine Bewegungen zu genießen beginne. Später liegen wir, ohne uns zu berühren, auf dem Teppich vor seinem Schreibtisch, dessen Umrisse sich im fahlen Licht des nahen Morgens abzuzeichnen beginnen.

»Komm, steh auf«, sagt er. »Ich habe jetzt genug von dir. Ich will nach Hause, zu Celine.«

Der Luxus der Unterwerfung

An der Tür drehte sie sich noch einmal um. Ganz langsam und ohne jedes Geräusch.

Nur noch einen letzten Blick auf ihn werfen, wie er dalag, ganz dem Schlaf hingegeben, in den zerwühlten Kissen. Dieses Bild, *sein* Bild in sich einsaugen, es bewahren – und dann endgültig gehen. Das war es, was ihr blieb. Das war es, was ihr zustand. Was er ihr zugestand am Morgen, nach einer Nacht wie dieser.

Nachdem sie die Tür sanft geschlossen hatte, stieg sie bedächtig die Marmortreppe hinunter und verließ die Backsteinvilla. Draußen empfing sie die erste Morgensonne. Es würde ein schöner Tag werden. Es war Montag, ein Montagmorgen im März – und sie war glücklich.

Glücklich, weil sie seine Hände und seine Lippen noch auf ihrer Haut spürte, seinen starken, männlichen Körper noch fühlte, seine Leidenschaft noch in sich trug. Eine heftige Leidenschaft.

Sie überquerte die Hauptstraße, schlängelte sich durch die Menschenmassen, die zu dieser frühen Stunde bereits zu ihren Arbeitsplätzen drängten. Und schließlich war sie zu Hause.

Ihr Zuhause – das war ein schäbiges Zimmer in einem heruntergekommenen Hinterhaus, spartanisch möbliert, ohne jeden Luxus, armselig. Sie drehte den Schlüssel in dem alten, verrosteten Türschloss und öffnete die Holztür mit einem heftigen Stoß, denn anders ließ sie sich nicht öffnen.

Im Zimmer war es dunkel. Die Sonne erreichte das kleine, zugige Fenster, von dem aus man nichts als die Rückfront des Vorderhauses sehen konnte, nie. Graue Mauern und Fenster, mehr gab es nicht zu sehen. Mehr würde sie nicht sehen, einen Monat lang. Bis, ja bis ...

Sie zog ihren Mantel aus und warf sich übermütig auf die alte, schmale Liege rechts an der Wand. Das hier war ihr Leben. Das Leben, das sie sich selbst gewählt hatte. Und das hier war ihr Glück. Ein unfassbares Glück. Mit einem seligen Lächeln schloss sie die Augen und schlief wenig später ermattet ein.

Zwei Jahre zuvor noch hatte diese Frau in den Seidenkissen eines luxuriösen Ehebettes geschlafen und, wenn sie an einem der rückwärtigen Fenster ihres Hauses stand, einen herrlichen Ausblick auf den nahen Park gehabt. Und sie hatte nie allein dagelegen. Denn da war Karl gewesen, ihr Mann, ihr rechtlich angetrauter Ehemann.

Sie hatte das typische Leben der Oberschicht geführt: gediegen, vornehm, langweilig. Auch ihre Ehe war sehr schnell langweilig geworden, sehr schnell, und ihre Liebesnächte hatten den Namen schon bald nicht mehr verdient. Emotionslose Routine. Sie erinnerte sich an die vielen Nächte, in denen sie verzweifelt ins Kissen geweint hatte – unglücklich, unbefriedigt, allein. Obwohl und gerade weil er neben ihr gelegen hatte. Nach drei Jahren war ihr Intimleben zu einem pflichtgemäßen Routineprogramm heruntergekommen, das alle vierzehn Tage ablief und nach dem sie beide froh waren, dass sie es wieder hinter sich hatten.

Dann aber, im vorletzten Herbst, war ihr plötzlich die Geschichte der Sklavin Laura eingefallen. Eine Fantasiegeschichte aus Kindertagen: die Erzählung einer jungen römischen Sklavin, die einzig und allein für die Lust ihres

Herrschers Aron lebte. Weit entfernt von seinem Palast, verbrachte sie ihr Dasein mit Warten – auf ihn, den Geliebten. Dieser kam nur alle paar Wochen und immer nur für eine Nacht zu ihr, entlud seine Leidenschaft und ließ sie dann allein zurück. Und Sklavin Laura war glücklich mit dieser Regelung, mit diesem Leben, vollkommen glücklich. Sie nutzte die Zeit des Wartens mit Lesen, mit der Pflege ihres Körpers und übte sich in geistiger Demut, um sich noch empfänglicher für des Herrschers seltene, aber umso gewaltigere Liebesbezeugungen zu machen.

Ja, diese Erzählung war ihr eingefallen, irgendwann nach einer freudlosen Nacht, als sie lustlos durch die hellen, gepflegten Räume ihrer Villa geschritten war, gelangweilt, unbefriedigt und ohne Hoffnung darauf, dass sich ihre Lage jemals verbessern würde.

Sie begann, die fiktive Sklavin Laura um ihr Leben zu beneiden und sich mit wachsender Erregung die Nächte auszumalen, die diese Frau mit ihrem Herrscher erlebt haben musste: Zügellosigkeit, wilde Leidenschaft, grenzenlose Lust. Ganz genau sah sie die Gestalt der jungen Sklavin vor sich, kniend vor ihrem Gebieter, seine Befehle und seine Zärtlichkeiten gleichermaßen lustvoll erwartend …

Der Vergleich mit ihrem eigenen Liebesleben raubte ihr beinahe den Verstand. Sie hatte genug von diesen Lehrbuch-Zärtlichkeiten, diesem Banal-Sex ohne Abweichungen. Sie wollte mehr. Sie wollte sich hingeben, Härte spüren, vielleicht sogar sanfte Gewalt. Sie wollte dominiert werden, ihm zu Willen sein, gedemütigt werden und liebkost. Die ganze Palette, den ganzen Reichtum erotischer Möglichkeiten wollte sie spüren. Härte und Sanftheit, Lust und Qual.

Plötzlich wusste sie: Sie wollte eine Sklavin sein. Sie wollte *seine* Sklavin sein. Die Vorstellung ließ eine Welle der Erregung in ihr aufsteigen: Sie, die Ehefrau des angesehenen und betuchten Vorstadtarztes, würde sich zur Sklavin machen lassen.

Und dann hatte sie keinen Moment mehr gezögert, keine Minute mehr vergeudet. Sie hatte dieses armselige Zimmer gemietet, die schlimmste aus einer Reihe von Studentenbuden, die man ihr angeboten hatte, hatte ein paar wenige Dinge gepackt, die sie zum Leben benötigte, und war gegangen.

Zurückgeblieben im ehelichen Haus war ihr Brief. Ihr Bekenntnis, ihr Gelübde:

Ich will deine Sklavin sein, hatte sie geschrieben, *dir zum Dienste und zu Willen, wann immer du es wünschst und wie du es wünschst.*

Sie hatte in dem schäbigen Zimmer gesessen und gewartet. Sie war aufgeregt, voll erregender Spannung – zum ersten Mal wieder seit Jahren.

Fast zwei Wochen hatte sie gewartet, als der Brief kam. Es war nur eine kurze Nachricht: *Sonntagabend, 20 Uhr* – und die Adresse ihres ehemaligen Zuhauses.

Die Tage bis zum Sonntag hatte sie in ununterbrochener Aufregung verbracht. Dann hatte sie vor dem winzigen Spiegel neben dem Schrank gestanden und sich zurechtgemacht. Für ihn. Ganz Sklavin, in hohen Schuhen, schwarzen Strümpfen, schwarzer Seidenwäsche. Und um den Hals trug sie eine Kette.

Ihr Mantel verbarg ihre Aufmachung, als sie schließlich im Taxi zu der Villa fuhr, die einst ihr Zuhause gewesen war. Fünf Minuten vor acht war es, als sie ankam. Sie wartete vor der Haustür, bis die letzte Minute verronnen war, und drückte mit klopfendem Herzen auf die Klingel.

Erst nach einiger Zeit öffnete sich die Tür. Eine Hand zog sie ins Innere des Hauses. *Seine* Hand. Er sprach kein Wort, als sie sich gegenüberstanden. Einst Ehepaar – und jetzt ...?

Mit einem Ruck riss er ihr den Mantel auf und packte sie dann am Nacken. Ins Schlafzimmer führt er mich, dachte sie, als sie von ihm vorwärts gestoßen wurde. Aber nein, ins hintere Gästezimmer brachte er sie. Ein großer, kalter Raum, der zuvor nie benutzt worden war.

Er stieß sie hinein und zwang sie zu Boden. Sie hob unsicher den Kopf und erkannte im fahlen Licht einer Kerze das Bett, das schon immer hier gestanden hatte.

Dann sah sie die Spiegel – an der Decke und an den Wänden, neben und gegenüber dem Bett. Schließlich fiel ihr Blick auf den Tisch – mit der Gerte darauf und den Lederbändern, der Maske ...

»Aufs Bett mit dir, Sklavin!«, befahl er da mit einer ganz fremden Stimme. Und sie ging zum Bett. »Ausziehen, alles!«, verlangte er. Und sie zog sich aus. »Nun beweise mir deinen Gehorsam!«, forderte er zuletzt. Und sie bewies ihn.

Sie kniete sich vor ihn, leckte ihm die Zehen, sanft und schnell, wie er es haben wollte, und spielte sich mit ihrer Zunge auf seinen Befehl hin bis zu seinem steil aufgerichteten Glied empor. In diesem Moment nahm er ihren Kopf und presste ihn hart gegen sich. Sie musste nach Luft schnappen, so ausgefüllt war sie von seinem Glied, das tief in ihren Rachen ragte. »Schneller!«, forderte er und peitschte sie, weil sie ihm nicht schnell genug war.

Das Peitschen erregte sie beide. Die brennenden Striemen erhitzten ihren Körper, steigerten ihre Lust, und ihn trieben ihre wilden Zuckungen unter dem schwarzen Leder zum Höhepunkt. »Trink alles!«, schrie er im Augenblick höchster Ekstase, und sie schluckte genussvoll jeden Tropfen.

Nur kurze Zeit gab er sich seiner Ermattung hin, dann fesselte er sie mit wenigen geschickten Bewegungen an die Pfosten des Bettes, Arme und Beine weit auseinander. Seine Finger überprüften ihre körperliche Hingabe, den Pegel ihrer Lust. Seine Zähne gruben sich in ihre aufgerichteten Brustspitzen. Sie zerrte an ihren Fesseln, flehte um Gnade, als seine Fingernägel sich in ihre empfindlichste Stelle drückten.

Für ihre mangelnde Hingabebereitschaft musste sie büßen. Zehnmal schlug er das kantige Leder der Gerte zwischen ihre Beine. Sie raste vor Schmerz und Lust, ihr Körper zuckte und bäumte sich auf, als er danach ihre rot geschwollenen Schamlippen mit seiner Zunge balsamierte, bis sie schließlich in eine taumelnde Erlösung sank.

Später lagen sie nebeneinander, lange, ohne ein Wort. Sie genoss die Nähe dieses Mannes, der ihr einst so vertraut gewesen war – und ihr so faszinierend fremd war seit dieser Nacht. Wie fantasievoll er sein konnte, wie teuflisch sicher in seiner Härte ebenso wie in seinen Zärtlichkeiten!

»Morgen früh will ich dich nicht mehr sehen, Sklavin«, hatte er nach einer Weile gesagt. »Bevor ich aufwache, bist du verschwunden! Du wirst von mir hören.«

Sie hatte im Dunkeln gewacht und bis zum Morgen gewartet. Dann hatte sie auf Zehenspitzen das Zimmer verlassen. Mit einem letzten Blick auf ihn. Sie hatte mit leichten Schritten das Haus verlassen, die Erregung noch in sich und auch schon die freudvolle Erwartung auf das nächste Mal …

Sehr gelber Raps

Eine Fahrt ins Grüne. Ohne bestimmtes Ziel.

Wir fahren früh los, um dem Strom der Wochenendausflügler zu entkommen.

»Nimm die Karte«, sagst du neben mir im Auto.

»Ich kann nicht gut Karten lesen«, sage ich schüchtern. Ich betrachte dich von der Seite. Wie fremd du mir bist! Alles ist noch so neu für mich: dein Profil, deine Hände, die das Lenkrad umschlossen halten …

»Macht nichts«, sagst du lächelnd, »ich finde den Weg auch so.«

Auch deine Stimme ist mir noch fremd. Abenteuerlich. Aber das war es ja schließlich, was ich wollte: ein Abenteuer. Eine Fahrt ins Blaue mit einem Fremden. Nach zwei kurzen gemeinsamen Abendessen ein Wochenende zusammen verleben, am Meer. Sich einander ausliefern.

Du hast ein Hotel besorgt, hast du mir am Telefon gesagt. Kein Zweifel, die kommende Nacht wird unsere erste sein. Ob sie auch unsere letzte sein wird?

»Schön, wie der Raps blüht«, sagst du da und zeigst auf die gelben Felder links von dir. »Ich liebe Raps. Er ist nur hier so gelb, weißt du?«

Raps. Ich starre Hilfe suchend in das Meer knalligen Gelbs und merke, wie sich Unruhe und Spannung in mir breit machen: Was ist, wenn er über mich herfällt, er sich als grausam, brutal entpuppt?

»Gleich sind wir da«, sagst du, und deine Hand legt sich auf mein Knie.

Ich lächle verkrampft. Dabei möchte ich schreien: Lass das, lass das! Ich will raus hier, will zurück! »Lass uns kurz anhalten«, bitte ich, »ein paar Schritte laufen, ich vertrage das Fahren nicht sehr gut ...«

Du blickst mich erstaunt von der Seite an.

Auch dein Blick ist mir fremd. So undurchdringlich, so schwer zu deuten. Aber du hältst an.

Wir laufen nebeneinander den Feldweg entlang, werfen mit Worten: verbale Brücken über die körperliche und die emotionale Distanz.

»Komm, wir laufen durch das Rapsfeld dort drüben«, sagst du und nimmst meine Hand.

Also gut. Jetzt hilft nur noch der Sturz ins Unbekannte, Unabwägbare hinein. In die unsicheren Gefühle, ins gelbe Nichts aus kräftigen, weichen Blüten.

Gelbe Nacht um uns, schwerer, süßlicher Duft und deine Hände auf meinen Schultern. Wie groß du bist und wie mager!

»Hey«, sagst du und küsst meine Augen.

Ich gebe auf, falle in deine Arme, und gemeinsam sinken wir zu Boden. Über uns nur der Himmel, unter uns ein Polster sehr gelber Blüten. Lust ...

Schweigend verlassen wir das Feld. Jetzt Hand in Hand. Die Kleider sind zerknittert. Die Fremdheit ist geblieben. Und auch die Spannung.

Im Auto rauchst du. Auch eine Angewohnheit, an die ich mich erst gewöhnen müsste, wenn ...

»Jetzt aber los!«, sagst du. »Die Gräfin erwartet uns.«

»Welche Gräfin?«

»Eine traumhafte Frau«, lachst du, »wirklich ...«

»Schau, das Meer!« Mit diesen Worten weckst du mich wenig später, nachdem ich unbemerkt neben dir eingeschlafen bin.

Richtig – kühle, salzhaltige Luft streift meine Nase. Und vor uns die Ostsee.

Du hältst vor einem weißen Haus, direkt am Strand, einem kleinen Hotel.

Die Gräfin entpuppt sich als schlohweiße Dame aus altem Adelsgeschlecht und als Hotelbesitzerin. Wir können zwischen zwei Zimmern wählen. Ich will das obere Zimmer, wegen seiner Größe, du das untere wegen der Terrasse. Wir nehmen das untere, bestimmst du. Die Gräfin lächelt: »So ist es richtig …«

Sie lässt uns allein im Zimmer. Ich platziere meine Tasche dicht neben der Tür. Du bemerkst das nicht, hängst unbekümmert und gut gelaunt Hemden und eine Jacke in den Schrank, deponierst Rasierapparat, Duschgel und Haarwaschmittel im Bad. »Willst du nicht auspacken?«

»Guck mal, das Meer!« Ich rette mich auf die Terrasse. Nur weg hier, Freiheit …

Sand und Muscheln unter meinen bloßen Füßen. Nur wenige Ausflügler sind heute Abend hier. Ich stelle fest, dass mir wohler wäre, wenn der Strand übervölkert wäre von Menschen.

Ausgeliefert. Nur ein Abendessen trennt uns von der unausweichlichen gemeinsamen Nacht. Mir kommt es vor wie ein Henkersmahl. Meine Finger krampfen sich um das Weinglas. Du lachst. Deine Zähne sind sehr weiß, sehr fremd.

Wir sind die letzten Gäste. Deine Worte rauschen an mir vorbei. Wie wird es sein? Ich ertrage das Warten nicht mehr, die Spannung, das Wissen darum, dass …

Mit einer Ausrede stürze ich vom Dessert weg, direkt in die Höhle des Löwen, unser gemeinsames Zimmer. Eine halbe Stunde drücke ich mich im Bad herum, dann hilft nichts mehr: In Märtyrerstimmung lege ich mich aufs Bett. Tu es, tu es, in Gottes Namen, schnell … Ich kann die Spannung, die Distanz, die Fremdheit nicht mehr ertragen.

Dann deine Stimme aus dem Wohnzimmer: »Komm, lass uns noch quatschen.«

Ich erhebe mich irritiert, gehe rüber zu dir in das andere Zimmer und setze mich auf das alte rote Sofa. Die hinterste Ecke suche ich mir aus.

Du holst die Bettdecke und deckst fürsorglich meinen fast nackten Körper zu. Dann reichst du mir ein Glas Wein.

In diesem Augenblick beginne ich dich zu lieben. Die Fremdheit verfliegt, weicht einer tiefen Lust auf dich, auf deine Nähe.

Sehr viel später – unerträglich viel später – küsst du mich, meine Brüste, den Bauch, meinen Mund. Wie vertraut mir dein Lächeln ist, deine Stimme, deine Zähne, die sehr weiß sind.

Die Nacht ist endlos …

Am Morgen schweigen wir uns an. Die Nähe tut weh auf der Rückfahrt.

Abschied.

Eine einzige Nacht. Ebenso endlos wie endgültig. Erleben und vergessen.

Das Abenteuer ist zu Ende. Ein für alle Mal vorbei.

Ein paar sehr gelbe Rapsblüten verblühen langsam in meiner Vase …

Mein Geliebter!

Mein Geliebter!

Noch vier Wochen, bis du wieder nach Hause kommst. Wochen der Sehnsucht, der Einsamkeit und Enthaltsamkeit, Wochen ungestillter Lust.

Keine Nacht vergeht, auch kein Tag, an dem ich nicht an uns, an dich, an unser Zusammensein denke, mir unsere Liebesspiele in Erinnerung rufe, die erfüllenden Momente, die ich mit dir erlebt habe. Und ich stelle mir vor, wie es sein wird, wenn du wiederkommst, heute in genau vier Wochen.

Du wirst abends kommen, deine Maschine landet kurz nach neun. Eine halbe Stunde später werde ich deinen Wagen in die Garage fahren hören. Du wirst die Tür zur Wohnung öffnen, und dann ... Nein, ich werde nicht hinter der Tür stehen, dir um den Hals fallen, wie die vielen Male zuvor. Diesmal habe ich etwas ganz anderes vor.

Auch diesmal werde ich dich erwarten, sicher. Aber auf ganz besondere Art. Ich werde dich so empfangen, wie ich es mir seit langem wünsche. Diesen Wunsch wage ich erst jetzt, vielleicht wegen der Distanz, zum Ausdruck zu bringen.

Du wirst also eintreten und mich nicht hinter der Tür finden, im ganzen Wohnzimmer nicht, auch nicht in der Küche oder im Badezimmer. Du ahnst, wo ich sein werde: im Schlafzimmer.

Doch das Schlafzimmer wird verändert sein. Alle Möbel werden verschwunden sein, auch unsere vertrauten Ehebetten.

An ihrer Stelle wird sich ein Podest befinden mit riesigen Matratzen, weichen Fellen, unzähligen Kissen. Die alten Bilder an den Wänden wirst du im Keller beim Gerümpel finden. An ihrer Stelle werden Spiegel hängen – große Spiegel, die unser Liebeslager zeigen werden, uns beide, von jeder erdenklichen Seite. Und der ganze Raum wird in ein sanftes Licht getaucht sein, vielleicht sogar in Kerzenschein. Im Hintergrund ertönt leise Musik. Erstaunt wirst du dich umsehen, zögernd näher treten.

Dann erst werde ich mich dir präsentieren, nur in Seidenhöschen und Negligee gehüllt, das Haar offen, wie du es liebst. »Guten Abend, mein Geliebter«, werde ich sagen, »herzlich willkommen.«

Ich werde dir die Jacke abnehmen, den Koffer, den Schirm. Ich werde vor dir niedersinken, dir die Schnürsenkel öffnen, dir die Schuhe und Strümpfe ausziehen. Du möchtest protestieren, aber ich werde schneller sein und deinen Mund mit Küssen verschließen. Dabei öffne ich dein Hemd Knopf für Knopf, streife es in zärtlichen Bewegungen von deinem Körper. Auf Knien dann, öffne ich den Gürtel deiner Hose, den Knopf, den Reißverschluss, und streife die Hose ab. Danach, ein bisschen aufgeregt, deinen Slip.

So stehst du vor mir, du, ganz Mann, mein Mann, mit deinem schlanken, muskulösen Körper. Ich knie noch immer. Du hebst mein Kinn, zwingst mich, in deine Augen zu sehen, die voller Erstaunen sind. Doch ich werde meinen Blick senken. Nichts fragen, nichts sagen, nur fühlen.

Ich nehme deine Hand, führe dich auf unser Liebeslager, bette dich auf den Rücken, so wie es für dich am bequemsten ist.

Dann bedecke ich dein Gesicht, deinen Hals mit sanften Küssen. Deine Bartstoppeln, nach der Rasur am Morgen schon wieder gewachsen, pieksen dabei in meine Lippen. Meine Hände streicheln über deine behaarte Brust, gleiten hinunter zum Bauch. Du schließt die Augen. Ich grabe mein Gesicht in deine Achseln mit ihrem bittersüßen Duft.

Meine Hände tasten sich weiter, über deine kantigen Hüftknochen zu deinen festen Schenkeln, den Knien, zu den Füßen und wieder hinauf zu den Schenkeln. Du stöhnst leise.

Behutsam drücke ich deine Beine ein wenig auseinander, dein Glied hat sich aufgerichtet, hart und stolz streckt es sich mir entgegen. Doch erst versenke ich mein Gesicht in deinem weichen gekräuselten Schamhaar, nehme zärtlich deine Hoden zwischen meine Lippen und streichle dabei langsam zwischen deinen Beinen entlang. Dein Stöhnen wird lauter, dein Atem geht schneller, dein Penis streckt sich erwartungsvoll in Richtung meines Mundes.

Nein, noch nicht! Erst küsse ich nochmals den Bauch, lasse meine Zunge hoch zu deiner Brust wandern. Die empfindlichen Spitzen haben sich aufgerichtet. Ich nehme sie zwischen Daumen und Zeigefinger, reibe sie sanft, dann knabbere ich ein wenig mit den Zähnen an ihnen, so wie du es oft bei mir getan hast. Sie werden noch härter, du wirst unruhig, bewegst dich unter mir. Nun erst bette ich meinen Kopf auf deinen Schenkel, meine Zunge fährt über den Schaft deines angeschwollenen Gliedes, von der Wurzel bis zur Eichel. Dort verweile ich. »Komm, komm«, bettelst du leise. Geduld, Liebster, Geduld!

Eine ganze Weile genieße ich mein Spiel mit der Zunge, dann umschließen meine Lippen deine Penisspitze und zwingen dein Glied in meinen feuchten, warmen Mund. Langsam bewege ich ihn auf und ab. Dein Stöhnen wird stärker, deine Bewegungen werden unkontrolliert, ein erster Tropfen aus deinen Samensträngen benetzt meine Zunge. »Du, du!«, keuchst du, nun schon dem Höhepunkt ganz nah.

Aber ich möchte dich in mir spüren, tief in meinem Bauch. Ich knie mich über dich, führe dein Glied an meine feuchte Grotte, vereinnahme es mit einem kurzen, heftigen Stoß und bewege mich auf und ab, vorsichtig zunächst, dann schneller, fester, härter, noch schneller, sehe dabei in den Spiegel, genieße den erregenden Anblick unserer verschlungenen, verschwitzten Körper.

Ich blicke in dein Gesicht, das von Lust, Liebe und Glück erfüllt ist, und eine tiefe Woge der Zärtlichkeit und Liebe erfasst mich, treibt mich zu einem Höhepunkt, wie ich noch nie einen erlebt habe, während du mir Tropfen für Tropfen deiner Lust schenkst. In seliger Ermattung streichst du über mein Haar und blickst mich mit einer Mischung aus Liebe, Verwunderung und Dankbarkeit an …

Ach, Liebster, ich wünschte, diese vier endlosen Wochen wären schon vorüber!

In aufgeregter Erwartung
deine Frau

In der Flüchtigkeit einer Nacht

»Er wird nicht kommen«, sagte eine dunkle Stimme neben ihr. Sie blickte erstaunt auf. Ein Fremder, groß, dunkelhaarig, mit markanten Zügen. Der, auf den sie gewartet hatte, besaß auch ein markantes Gesicht, war aber kleiner und blond.

»Er wird nicht kommen?«, fragte sie langsam und blickte den Fremden ungläubig an.

»So ist es«, antwortete er. »Er überließ mir die Verabredung mit Ihnen. Also stehen Sie auf, und kommen Sie! Wir haben nicht viel Zeit.«

Sie schüttelte verwirrt den Kopf. »Ich glaube, da muss ein Irrtum vorliegen. Ich denke gar nicht daran, mit Ihnen zu gehen!«

»Lassen Sie das Denken, und kommen Sie gefälligst! Wollen Sie unbedingt noch mehr Leute auf uns aufmerksam machen?«

Sie blickte sich um. Tatsächlich – einige Menschen in dem Café musterten sie bereits mit unverhohlener Neugier. »Na gut«, sagte sie, »ich komme mit Ihnen hinaus, da ich hier kein Theater will. Aber wenn Sie glauben, ich ginge einen Schritt weiter, nur einen Schritt, dann irren Sie sich gewaltig!«

Er warf einige Münzen auf den Tisch und blickte sie lächelnd an. In diesem Lächeln lag die kalte Selbstsicherheit eines Mannes, der genau wusste, dass sie viel, sehr viel weiter gehen würde.

Als sie das Café verlassen und die Straße überquert

hatten, erstarb sein Lächeln. »Keine Szene, Teuerste! Diese Verabredung hat mich einiges gekostet. Und ich denke nicht daran, Sie zu entlassen, bevor ich nicht voll auf meine Kosten gekommen bin. Also hier hinein und keine Widerrede!« Mit diesen Worten öffnete er die Beifahrertür eines silberfarbenen Mercedes und sah sie drohend an.

Clarine wusste nicht, wie ihr geschah. Stumm vor Schreck stieg sie wie von einer fremden Hand gesteuert in den Wagen.

Ohne weitere Erklärung schloss er die Tür, ging um das Auto, setzte sich selbst auf den Fahrersitz, ließ den Motor an und fuhr stadtauswärts davon.

Sie fuhren stundenlang durch die weite Ebene, durch Wälder und Dörfer, über Brücken, an Flüssen entlang. Dann hielt der Wagen plötzlich inmitten eines Waldes an.

»Den Rest des Weges werden wir zu Fuß gehen«, sagte der Fremde.

Clarine stieg aus. Ihre Gliedmaßen waren vom langen Sitzen ebenso kraftlos wie ihre Abwehr. Irgendwann während der Fahrt hatte sie ihren inneren Widerstand gegen diese unglaubliche Situation aufgegeben. Sie war beileibe nicht das Mädchen, das sich zu jedem Abenteuer verführen ließ. Dass sie sich ergeben hatte, lag vielmehr in der Eindringlichkeit, ja der beinahe unverschämten Selbstsicherheit des Fremden begründet, der sie behandelte, als sei ihr Widerstand nichts mehr als ein unnützes Hindernis, das seinen überlegenen Wünschen und Vorhaben ohnehin nicht standhalten konnte.

Die Abenddämmerung brach bereits herein, als der Fremde in einen kleinen Waldweg einbog und sie anwies, dicht hinter ihm zu bleiben. »Sonst wird vielleicht ein anderer das Vergnügen mit Ihnen haben, für das ich allein bezahlt habe – und das wollen wir doch beide nicht«, höhnte er.

Clarine erwiderte nichts. Sie musste sich ganz darauf konzentrieren, den Fremden trotz des abnehmenden Tageslichts nicht aus den Augen zu verlieren.

So schritten sie eine lange Zeit lautlos durch den dichter werdenden Wald.

Clarine musste an die Geburtstagsfeier denken, zu der sie heute Abend eingeladen war, an die erstaunten Gesichter ihrer Freunde, wenn sie nicht erscheinen würde. Und sie musste auch daran denken, wie verärgert ihre Vorgesetzte morgen früh sein würde, wenn sie bemerkte, dass sie nicht zum Dienst erschienen war, gerade an diesem Tag, an dem es so dringend erforderlich war, dass jeder sich voll und ganz einsetzte.

Clarine lächelte in sich hinein. Irgendwas gefiel ihr an dieser Vorstellung: dass sie ihre alltägliche Umgebung mit all ihren Problemen und den an sie gerichteten Erwartungen einfach zurückließ. Das alles schien schon so lange zurückzuliegen, schien so unwichtig, so unbedeutend. Wichtig war nur das Hier und Jetzt, wichtig war, dass sie trotz der völligen Dunkelheit, die sich nun ausgebreitet hatte, nicht stolperte, und vor allem, dass sie ihn, den Fremden, nicht aus dem Blick verlor.

Nach einiger Zeit brach der Mond durch die Wipfel der hohen Tannen und spendete etwas Licht. Immer noch gingen sie schweigend hintereinander her.

Clarine ertappte sich überrascht dabei, wie sie beinahe verzückt den Rücken ihres Entführers betrachtete. Ja, ein Entführer – nichts anderes war er. Ein Fremder, der sie gegen ihren Willen hierher gezwungen hatte. Trotzdem konnte sie nicht umhin, seine sehnigen Arme und die breiten Schultern zu bewundern. Welche Kraft von ihm ausging! Seine Bewegungen strahlten dieselbe Sicherheit und Härte aus, die vorhin sein Blick vermittelt hatte und die wenigen Worte, die er an sie gerichtet hatte. Mit kraftvollen und doch geschmeidigen Schritten ging er vor ihr her.

Sie hatte sich gerade vollends seinen Bewegungen ergeben, da hielt er jäh an. Sie blickte fragend in sein Gesicht, aber er schaute mit einem Lächeln an ihr vorbei. Da folgte sie seinem Blick und sah auf einer Anhöhe ein hell erleuchtetes Haus, das ganz umgeben war von sich wiegenden dunklen Tannen.

»Ist es nicht ein traumhafter Anblick?«, fragte der Fremde.

»Ja«, stimmte Clarine zu, »es sieht wundervoll aus.«

Er eilte nun behände auf einem kleinen Pfad in Richtung des Hauses, vorbei an Hecken und Gestrüpp, und Clarine hatte Mühe, ihm zu folgen. Der immer steiler werdende Pfad führte an einem großen, gepflegten, von einer Mauer umgebenen Garten entlang zur anderen Seite des Hauses, wo sich die Eingangstür befand.

Clarines Atem ging schnell, und ihr Herz klopfte von der Anstrengung, als sie schließlich hinter ihm den Eingang erreichte. Mit einem langen eisernen Schlüssel öffnete er die riesige Tür und schloss sie wieder ab, kaum dass Clarine hinter ihm eingetreten war.

Clarine schloss mehrmals kurz die Augen und öffnete sie ganz vorsichtig wieder, weil ihr so unwirklich erschien, was sie vor sich sah. Doch sie stand in der Tat in einer riesigen Halle, deren Decken und Wände ganz mit Spiegeln bedeckt waren, welche dem Raum eine unendliche Weite zu geben schienen. Eine geschwungene Treppe am Ende der Halle führte in die oberen Räume des Hauses. Clarine genoss die angenehme Wärme, die hier herrschte, und auch die Stille empfand sie als beruhigend.

In der hinteren rechten Ecke der Halle entdeckte sie einen langen Tisch, über dem ein Kristallleuchter hing. An den beiden kurzen Seiten des Tisches war jeweils ein einzelner Stuhl aufgestellt.

Der Fremde trat auf sie zu. »So, Teuerste, hier wären wir also«, sagte er. »Sie werden mir diese Nacht zu Diensten sein, und ich glaube nicht, dass Sie Zweifel daran hegen, dass jede Gegenwehr von Ihnen und jedes Sträuben ebenso nutzlos sein werden wie Ihre Schreie, die allenfalls von ein paar streunenden Hunden gehört werden können. Haben Sie mich verstanden?«

Clarine, vom Anblick der Spiegelhalle noch immer wie verzaubert, nickte ergeben und beeilte sich zu versichern: »Keine Angst, ich werde nicht schreien.«

»Das ist ein weiser Entschluss«, lobte der Fremde sie und ergriff ihre Hand. Während Clarine ein wenig erschreckt bemerkte, wie kalt seine Finger waren und wie roh er ihren Arm umfasste, zog er sie quer durch die Halle zu der Treppe, die nach oben führte. »Hier hinauf!«, befahl er.

Und Clarine stieg langsam die Stufen der Treppe nach oben, hinauf ins Ungewisse …

Der Gang des oberen Stockwerks war in Finsternis gehüllt. Nur schemenhaft konnte Clarine links und rechts des Ganges mehrere Türen erkennen.

An einer dieser Türen hielt der Fremde. Er stieß sie auf und sagte: »Kommen Sie!«

Clarine folgte ihm in das Zimmer. Wie die Halle beeindruckte sie auch dieser Raum wegen seiner Weite. Sie wurde noch dadurch unterstrichen, dass sich in dem Zimmer nicht mehr als ein Bett befand. Dieses Bett war von unaufdringlicher Schlichtheit. Weder Kissen noch Decken waren darauf zu finden, nur eine bezogene Matratze verhieß etwas Bequemlichkeit.

Der Fremde stand an einem von drei riesigen Fenstern, die einen Ausblick in den nahen Wald gewährten, und sah sie an. »Ziehen Sie sich aus«, sagte er ruhig.

Clarine warf einen scheuen Blick auf das Bett und begann dann, die Knöpfe ihrer Bluse zu öffnen. Sie spürte, wie der Fremde jede ihrer Bewegungen beobachtete, als sie ihre Bluse auszog, den Büstenhalter aufhakte und neben der Bluse zu Boden gleiten ließ, als sie sich dann ihrer Schuhe entledigte, ihren Rock abstreifte und schließlich – nach einem kaum merklichen Zögern – den weißen Slip abstreifte.

Clarine hob den Blick und suchte die Augen des Fremden. In den letzten Stunden war eine Wandlung in ihr vorgegangen, die sie sich selbst nicht erklären konnte – und auch nicht wollte. Sie hatte vergessen, wer sie war und woher sie stammte, sie hatte auch vergessen, dass dies ein Fremder war, der davon gesprochen hatte, dass er mit ihr auf seine Kosten kommen wolle. Sie konnte nicht anders, als diesen Augenblick zu genießen, das leere Zimmer, das karge Bett, den Blick des fremden Mannes dort drüben am Fenster – und ihre Lust.

Sie hatte nie zuvor eine solch eigenartige Lust erlebt. Sie fühlte eine Leidenschaft in sich emporsteigen, derer sie sich nie im Leben für fähig gehalten hätte. Sie spürte eine heiße Welle fremdartiger Erregung von ihrem Körper Besitz ergreifen und glaubte, augenblicklich zu verglühen, wenn der Fremde sie nicht endlich, endlich in seine Nähe befehlen würde.

Er aber ließ sie warten. Mit ruhigem Blick betrachtete er sie, wie sie dastand, nackt und ihm vorbehalten für diese Nacht, und spürte, wie ihre Erregung wuchs. Erst nach einer langen Zeit befahl er sie mit einer Handbewegung zu sich.

Endlich, endlich! Erlöst lief sie zu ihm. Als sie vor ihm stand, wurde sie sich seiner Körpergröße zum ersten Mal bewusst und schämte sich dafür, selbst viel kleiner zu sein. Sie war gezwungen, ihren Hals zu strecken, um ihm in die Augen blicken zu können.

Er indes schenkte ihr keinen Blick, sondern sah an ihr vorbei zu der Tür, durch die sie vorhin eingetreten waren.

Erschrocken drehte Clarine sich um. Durch die Tür schritt eine Frau in einem weißen fließenden Gewand. Sie war beinahe so groß wie der Mann, der sie in dieses wunderschöne Haus entführt hatte. Auch die Farbe ihres Haares, das bis zu ihren Hüften fiel, erinnerte an ihn. Sie war die schönste Frau, die Clarine je gesehen hatte.

»Hier ist sie«, sagte der Fremde. »Ich glaube, sie wird uns keinerlei Schwierigkeiten machen. Hab ich nicht Recht?« Mit dieser an Clarine gerichteten Frage hob er ihr Kinn mit einer zärtlichen Geste an und blickte ihr beinahe liebevoll in die Augen.

Die schöne dunkelhaarige Frau war indessen hinter Clarine getreten. »Lass dich ansehen«, sagte sie und forderte Clarine auf, sich zu ihr umzudrehen. Sie betrachtete sie prüfend von oben bis unten und lächelte dann dem Mann am Fenster zu. »Schön, mein Lieber, sehr schön. Dann lass uns beginnen.«

Fragend sah Clarine erst den Fremden, dann die Frau an, aber sie erhielt keine Antwort und konnte aus ihren Gesichtern nicht ablesen, welche Behandlung die beiden für sie vorgesehen hatten.

Dann sah sie, dass die dunkelhaarige Frau begonnen hatte, sich zu entkleiden. Der Fremde löste sich vom

Fenster, ging zur Tür und verließ den Raum. Seine Schritte entfernten sich rasch.

Clarine war verunsichert und spürte eine schmerzliche Sehnsucht nach der Nähe des Fremden.

Unterdessen hatte sich die dunkelhaarige Frau völlig entkleidet. Als Clarine sie betrachtete, konnte sie kaum ihre Verzückung verbergen über die makellose Schönheit ihres Körpers. Sie löste ihren Blick nicht von den wiegenden weißen Brüsten der Frau, als diese sich langsam zum Bett begab und sich auf ihm niederstreckte.

Unentschlossen wartete Clarine ab, was nun geschehen würde, als der Fremde wieder den Raum betrat. Enttäuscht stellte sie fest, dass er seine Kleidung anbehalten hatte. Doch in der Hand hielt er eine Peitsche.

Er blieb vor Clarine stehen und sah sie an. »Nun ist es so weit, meine Liebe. Du dachtest, du dürftest mir zu Diensten sein – aber daraus wird nichts. Nicht für mich wollte ich dich haben, sondern für die Frau, die dort drüben auf dem Bett liegt. Du wirst sie beglücken und ihr eine Nacht der Lust verschaffen, die sie nie vergessen wird. Und damit du nicht etwa nachlässig wirst in deinen Bemühungen, werde ich von Zeit zu Zeit damit etwas nachhelfen.« Mit diesen Worten schwang er bedrohlich die lange schwarze Peitsche vor Clarines Brüsten. »Also, zum Bett!«, befahl er knapp.

Clarine beeilte sich, zu dem Lager zu treten, von dem aus die schöne Frau ihr mit ausgebreiteten Armen und gespreizten Beinen erwartungsvoll entgegensah. Sie schluckte. Nie hatte sie das Bedürfnis verspürt, eine Frau körperlich zu lieben. Doch der Anblick des Fremden, der wieder ans Fenster getreten war und jede ihrer Bewegungen kritisch beobachtete, verlieh ihr ungeahnte Kräfte und nahm ihr die Hemmungen. Sie stellte sich vor, wie er mit ihr verfahren würde, läge sie nun statt der anderen auf dem Bett, und diese Vorstellung ließ sie mutig werden.

Sanft fingen ihre Finger an, über den Hals der Frau zu gleiten und sich vorsichtig ihren Brüsten zu nähern. Kaum hatten sie deren Ansatz erreicht, da begannen schon die dunklen Warzen sich zu kräuseln und die Spitzen sich aufzurichten. Clarine verstand, wozu der fremde weibliche Körper sie aufforderte, und bestieg vorsichtig das Bett, um, nachdem sie sich rittlings auf die andere gesetzt hatte, mit beiden Händen deren Brustwarzen zu massieren. Die Frau schloss die Augen und begann leise zu wimmern. Clarine nahm eine der Warzen in ihren Mund und begann erst sanft, dann fordernder daran zu saugen. Sie war überrascht, welch ein Wonnegefühl es ihr selbst bereitete, die groß und steif gewordene Brustspitze zwischen den Lippen zu spüren.

Das Stöhnen der anderen Frau wurde lauter, als Clarine ihre Hand langsam über die weiße Haut hinunter zu der von dichtem schwarzem Haar umrahmten Scham gleiten ließ. Wie automatisch schoben sich die Beine der Frau noch ein wenig weiter auseinander, und Clarine gab dem wollüstigen Drang nach, einen Finger in die verführerische Grotte zu drängen. Die Hitze und die Feuchtigkeit, die sie empfingen, zeigten ihr, wie sehr die fremde Frau darauf gewartet hatte, dort berührt zu werden. Sie schob die von dichtem Haar besetzten Lustlippen auseinander und fand darunter ein Paar verletzlicher kleinerer Lippen, die sie zärtlich rieb. Stöhnend bewegte sich die schöne Frau unter Clarines Fingern, und je tiefer sich diese vorwagten, desto wilder reagierte ihr Körper.

Clarine glaubte schon an ein leichtes Spiel mit der Lust der Fremden, als diese plötzlich die Hand der anderen fortschob und ihre Beine anzog. Clarine begriff diese

Aufforderung nicht und blickte die Frau ratlos an, als sie ein beißender Peitschenhieb von hinten traf. Schmerzerfüllt schrie sie auf. In ihren Schrei hinein folgte ein zweiter und noch ein dritter Hieb von brennender Schärfe, die Clarine für kurze Zeit den Atem nahm.

»Sie möchte geleckt werden, Teuerste. Na, wird's bald? Runter mit dem Kopf – und wehe, es gefällt ihr nicht!«, drohte der Fremde.

Clarine, die Mühe hatte, ihre Tränen zurückzuhalten, senkte fügsam ihren Kopf und grub ihn – beinahe schutzsuchend – in das warme, feuchte Dreieck zwischen den schlanken Beinen der fremden Frau. Unwillkürlich sog sie den Duft der Lust ein, der ihr entgegenströmte, und war überrascht, welch ein süßes Aroma aus diesen tiefen Windungen aufstieg.

Clarine streichelte die dunklen Lippen mit ihrer Zunge, erst langsam, dann immer schneller. Sie merkte, wie die steigende Erregung der anderen auch auf sie selbst übergriff, und bald bewegten sich beide im gleichen Rhythmus der Lust. Clarine drängte ihre Zunge zwischen die fremden weiblichen Lippen, und nach einiger Zeit fand sie das Knötchen, das sich steil aufgerichtet hatte. Nach mehreren kreisenden Zungenschlägen, die bei der anderen ein lautes Stöhnen der Lust hervorriefen, konnte Clarine nicht anders: Sie umschloss den Kitzler mit ihren Zähnen und begann erregt daran zu knabbern.

Der Schmerzensschrei der anderen ließ sie verstört auffahren. Wie konnte sie das wieder gutmachen? Doch noch ehe sie diese Wiedergutmachung leisten konnte, wurde sie durch die Wucht eines Peitschenhiebs auf ihr Gesäß auf die Matratze geworfen. Sie keuchte, rang nach Luft. Weitere, noch härtere Schläge folgten. Schreiend vor Schmerz krallte sie ihre Hände Hilfe suchend in die Knöchel der fremden Frau.

»Weiter!«, befahl der Fremde, nachdem er endlich von ihr abgelassen hatte. »Aber wehe, du bereitest ihr etwas anderes als Lust!«

Clarine, fast besinnungslos vor Schmerz, quälte sich zwischen die Beine der Begünstigten und ihren Mund an deren duftende Scham. Sie zwang sich dazu, ihre Zunge kraftvoll, aber dennoch sanft in die Lustgrotte der fremden Frau zu stoßen, und massierte dabei mit ihren Fingerkuppen die Spitzen ihrer Brüste. Ihr Zungenspiel zog sich, so schien es ihr, endlos in die Länge. Inständig flehte sie, da ihre Kräfte nachzulassen drohten, darum, dass die Frau unter ihr bald ihre Erfüllung fände.

Doch darauf musste sie noch lange warten. Noch einmal erhielt sie mehrere Peitschenhiebe, als sie vor Müdigkeit in ihren Bemühungen nachließ und kein noch so flehender Blick zu dem Fremden am Fenster sie von ihrer Pflicht erlöste.

Es graute bereits der Morgen, als Clarine, hemmungslos vor Erschöpfung, den Anus der Frau zu bespielen begann und schließlich, als sie deren außergewöhnliche Lust an diesem Spiel spürte, drei ihrer Finger tief in den Abgrund versenkte, während ihre Zunge mit zarter Wildheit den geschwollenen Kitzler reizte.

Jetzt endlich geschah es: Zuckungen erschütterten den Körper der fremden Frau, ein Strom heißer Säfte ergoss sich über Clarines Lippen, während sie ihre Hand langsam herauszog. Glücklich vernahm sie ein dankbares Seufzen aus dem Mund der schönen Frau auf dem Bett.

Erschöpft, wenn auch körperlich unbefriedigt, bettete Clarine ihren Kopf auf den schlanken Bauch der Frau und hielt ihre weißen Brüste zärtlich umfasst.

Sie war glücklich. Glücklich, weil sie diese Frau befriedigt hatte. Glücklich, weil es nun vorbei war. Glücklich, obwohl die schmerzenden Striemen auf ihrem Rücken und ihrem Po sie an einem erholsamen Schlaf hindern würden.

Viel zu bald erklang die Stimme des Fremden hinter ihr: »Stehen Sie auf, und kleiden Sie sich an! Es ist Zeit.«

Clarine folgte diesem Befehl ohne Zögern. Sie erhob sich mühsam und stieg mit zitternden Bewegungen in ihre Kleider, die ihr fremd vorkamen. Dass diese Kleider noch gestern Morgen in ihrem Kleiderschrank zu Hause gehangen hatten, erschien ihr geradezu unglaublich. Es kam ihr vor, als sei sie seit Ewigkeiten hier, als gehöre sie hierher, zu diesem Fremden und auch zu dieser Frau, deren Herkommen so geheimnisvoll und die ihr doch so vertraut war. Überhaupt: Um wie viel vertrauter schien ihr diese Welt zu sein als die andere, aus der sie erst gestern entschwunden war.

Als sie, dem Fremden auf dem Fuß folgend, das Zimmer verließ, warf sie einen letzten Blick auf die schöne Frau, die jetzt schlief. Ein heißes Glücksgefühl durchfuhr sie bei ihrem Anblick. Ich habe sie glücklich gemacht, dachte Clarine froh und spürte den süßen Geschmack ihrer Lust auf den feuchten Lippen.

Bedächtig stieg sie die geschwungene Treppe hinunter, noch einmal erfüllt von Erstaunen über die Weite und Größe der Spiegelhalle. Dann glitt sie hinter dem Fremden durch die Tür, aus dem Haus.

Wie am Abend zuvor schritten sie schweigend hintereinander den Waldweg entlang. Erste Sonnenstrahlen verirrten sich durch die dichten Tannen. Es würde ein schöner Tag werden. Richtig, war sie nicht heute mit den anderen zum Baden verabredet? Widerwillig erinnerte sie sich daran. Und wusste: Mein Platz ist hier, bei ihm und ihr, und nicht zwischen ein paar lärmenden Langweilern in einem überfüllten Schwimmbad.

Plötzlich liefen ein paar heiße Tränen über ihre Wangen. Eine schmerzvolle Sehnsucht nach dem Mann vor ihr ergriff sie, der ohne ein Zeichen von Müdigkeit mit denselben kraftvollen und leisen Schritten den Weg zurückging, den er gestern gekommen war. Aber sie sprach ihn nicht an – so unnahbar erschien er ihr.

Sie erreichten den silberfarbenen Wagen, und Clarine setzte sich wortlos neben ihn.

Sie fuhren stundenlang durch die weite Ebene, durch Wälder und Dörfer, über Brücken und an Flüssen entlang. Sie erreichten die Straße, die stadteinwärts und sehr bald zu ihrer Wohnung führte, und Clarine fragte sich nicht, woher er ihre Adresse kannte.

Dann hielt der Wagen an vor ihrem Haus, das ihr kleiner und schäbiger vorkam als jemals zuvor.

»Da wären wir«, sagte der Fremde, stieg aus und öffnete auch ihr die Tür.

Vor dem Haus blieb er stehen. »Nun«, sagte er, »leben Sie wohl!«

»Bitte«, sagte Clarine mit bebender Stimme und schmerzendem Herzen, »ich will nicht hier bleiben, ich möchte bei Ihnen bleiben!«

»Unsinn«, sagte der Fremde, »ich habe nur für eine Nacht bezahlt.«

Er wandte sich um und ging. Groß, dunkel und fremd. So, wie er einen Tag zuvor plötzlich vor ihr gestanden hatte.

Lust der Begierde

Ein Sommerabend in der Stadt. Ich laufe die lange dunkle Straße entlang. Meine hohen Absätze klappern auf dem Asphalt. Die Luft ist drückend und schwül, es riecht nach Schweiß und Moschus, nach Obst und Gemüse, nach Sonnencreme und überreifen Trauben und Pflaumen, die in der Sonne platzen.

Der Duft von Schweiß und Obst vermischt sich mit dem modrig kalten Geruch, der mir unvermittelt aus offenen Kellerfenstern entgegenströmt. All diese Düfte scheinen sich zu vereinen, um Lust, Fantasie und Begehren zu wecken und das verkrampfte Fleisch dazu zu verführen, sich gehen zu lassen.

Ich überquere die Tomsey-Brücke, laufe von der Sixth Avenue zum Tomkins-Platz. Verschwitzte Gestalten kommen mir entgegen mit von der Sonne verbrannten Gesichtern, Kinder mit Schokoladeneisrändern um die Münder, Frauen in viel zu kurzen Röcken – und vor allen Dingen Männer, alte und junge, große und kleine, dicke und dünne, alle den heißhungrigen Blick des Begehrens auf meine Brüste gerichtet, diesen verschwommenen, glasigen Blick, der dann schnell weiterwandert über meinen nackten Bauch und den knappen roten Seidenrock hinunter zu meinen nackten braunen Beinen, die in hochhackigen roten Sandalen stecken.

Wie kurz sind diese Begegnungen mit wildfremden Männern: Ein Abtasten mit den Augen von oben nach unten und noch einmal zurück nach oben, dann ein schneller Blick in meine Augen, damit ich ihre Lüsternheit mit auf den Weg nehmen kann – das war's schon. Denn keiner spricht mich an. Selbst das Hinterherpfeifen scheint ihnen heute zu strapaziös zu sein.

Es liegt an der Hitze, nicht an der mangelnden Attraktivität deiner Beine, versuche ich mich zu trösten. Obgleich ich mir immer einrede, mir aus der Bewunderung fremder Männer rein gar nichts zu machen. Welch ein Blödsinn!

Natürlich genieße ich ihre schmachtenden oder anerkennenden Blicke genauso wie alle anderen Frauen auch. Wann bin ich schon Frau, wenn nicht in den Momenten, in denen einer von ihnen seine Zurückhaltung aufgibt und einen Vorstoß wagt über den Blick hinaus?

Nein, ich gebe es zu: Ich will beachtet und begehrt werden, ich will die Fantasien der Männer beflügeln, wenn sie mich erblicken, ich will ihre Begierde wecken, will, dass sie davon träumen, wie es wäre, wenn …

Schließlich lebe ich davon, Begierde zu wecken. Es ist ein faires Wechselspiel – zwischen mir und den Männern, zwischen Sichzeigen und Betrachten, Lust und Geld.

Ich stiefle über unzählige Kreuzungen hin zur Third Avenue, vorbei an der Subway und dem Sooper Square. Jetzt nur noch um die nächste Ecke, durch das Tor, die Treppe hinab. Ich klopfe mit dem verabredeten Zeichen an die Eisentür.

»Wer ist da?«

»Ich bin's, Joey – Sarah.«

Er fragt immer – auch wenn er weiß, dass nur ich es sein kann –, wohl um sich der Bedeutung seiner Stellung dort hinter der Tür immer wieder bewusst zu werden. Aus demselben Grund studiert er auch kritisch meine Aufmachung, so als sei ich ein suspekter Gast, der Einlass begehrt und erst auf seine Seriosität geprüft werden muss, und nicht etwa …

»Du bist spät«, erklärt er mir. Und das war auch schon das Ende seiner Bemühungen, sich und uns allen seine Wichtigkeit vor Augen zu führen.

Ich tätschle begütigend seinen dicken Arm und stapfe den wie immer spärlich beleuchteten Gang entlang zu meiner »Garderobe« – wie jedenfalls in großen goldenen Buchstaben auf der rot getünchten Holztür steht. Was sich dahinter verbirgt, spottet eher dem Anspruch dieser Buchstaben, aber außer mir und den anderen Angestellten kommt ohnehin niemand in diese heilige Stätte.

Die Luft ist angenehm kühl und riecht nach Moder. Der Geruch erinnert mich an den Luftzug aus den geöffneten Kellerfenstern vorhin auf der Straße. Ansonsten aber ist das Vorhin weit weg.

Dies hier ist eine andere Welt. Hier sitzt eine andere Frau als die, die vorhin mit beschwingtem Schritt durch die Straßen eilte. Hier sitzt der Star des Etablissements, die Königin des Abends.

Allerdings hat sie doch eines gemeinsam mit der Frau auf der Straße: ihre Lust am Betrachtetwerden. Und genau diese wirst du heute auf die Spitze treiben, nicht wahr, meine Süße? Ich lächle meinem Spiegelbild zu, das nur unscharf zu erkennen ist in dem fast blinden Spiegel, der seit fünf Jahren provisorisch auf zwei Kisten ruht.

Daneben steht eine dritte Kiste, über die irgendjemand mal ein silbernes Tuch geworfen hat, wohl um das Mobiliar so ein wenig aufzuwerten – mit mäßigem Erfolg. Alles hier ist ganz einfach, von der billigsten Art – und genau das gefällt mir!

Ich schminke mich. Ohne Rücksicht auf meine Haut

trage ich Schicht um Schicht auf mein Gesicht auf, bis mir eine makellos weiße Maske entgegenblickt.

»Beeil dich!«, ruft Joey von der Tür her. »Sie lassen Mona ausfallen. Du bist zehn Minuten eher dran.«

So etwas kommt häufiger vor und kann einen alten Hasen wie mich schon lange nicht mehr aus der Ruhe bringen. Zehn Minuten mehr oder weniger, zehn Pinselstriche mehr oder weniger – denen da draußen fällt es ohnehin nicht auf.

Die da draußen, das Ganze hier dient mir sowieso nur als Alibi für meine Lust an der Verwandlung, für meine Lust, ungestört vor dem Spiegel zu sitzen und mich nach Herzenslust zu schminken. Vor allem aber sind die da draußen für mich nichts anderes als willkommene Objekte für meine allergrößte Lust: mich zu zeigen.

Ich weiß, dass ich mich zeigen kann. Und ich genieße das. Schon als Kind tänzelte ich stundenlang vor dem Spiegel auf und ab, wiegte mich in den Hüften, warf spielerisch einen zu diesem Zweck umgelegten Schal in eine imaginäre Menge und spendete mir zum Schluss selbst Beifall, nachdem ich schließlich in einer lasziven Bewegung zu Boden gesunken war.

Lange war das Ganze aus meinem Gedächtnis verbannt, dank eines prüden Mannes, der am Sex ohnehin keinen Spaß hatte, wie ich feststellen musste – aber lassen wir das, das ist ein anderes Thema.

Hier in dieser Spelunke jedenfalls warten zahlreiche Augenpaare ganz gierig darauf, mich und meine Künste zu sehen. Um ihnen zu gefallen, klebe ich mir falsche Wimpern an, tusche sie, verteile großzügig Rouge auf meinen Wangen. Den Lippenstift wähle ich ein paar Nuancen heller, trage ihn dafür dreimal so dick auf. Jetzt fehlt nur noch die wasserstoffblonde Perücke, die ich in einer einzigen – lang geübten und deshalb sehr gekonnten – Bewegung über mein dunkles Haar stülpe.

Dann ziehe ich Sachen an, die ich später ausziehen werde: den schwarzen Stringtanga, die ebenfalls schwarze Büstenhebe, Netzstrümpfe, die an dem schwarzen Tanzgürtel befestigt werden, den goldfarbenen Rock mit dem passenden Top, lange Spitzenhandschuhe, einen Schal sowie Schuhe, die so hoch sind, dass ich mich plötzlich in voller Größe in dem halbblinden Spiegel dieser so genannten Garderobe sehen kann.

Und dann muss ich hinaus. Joey fuchtelt schon aufgeregt mit den Armen. Aber das tut er jeden Abend, es hat nichts zu sagen.

Die Luft im Raum ist rauchgeschwängert, der Saal knapp zur Hälfte besetzt. Als sich meine Augen an den Rauch und die Dunkelheit gewöhnt haben, erkenne ich vereinzelt Männergesichter mit gierig aufgerissenen Augen. Verächtliche, zärtliche, bewundernde, fordernde Blicke konzentrieren sich auf mich. Ganz ruhig stehe ich auf der Bühne, bewegungslos, wortlos.

Machtkampf. Wer hat Gewalt über wen?

Ich genieße diesen Moment – auch wenn diese Frage nicht geklärt wird. Ich genieße jeden Einzelnen dieser begehrenden Blicke, die schon jetzt auf mir ruhen. Ich weiß, dass sie gleich noch viel begehrender werden.

Auf der kleinen Bühne drehe ich mich zur Wand, wende dem Publikum den Rücken zu. Das ist das Zeichen für Harry: Die Musik setzt ein. Langsame, schwere Töne, die jede meiner Bewegungen unterstreichen. Ich lasse die Hüften kreisen wie schon als Kind und spüre die Blicke der Männer auf meinem Nacken, meinem Rücken, meinen Beinen.

Lange bewege ich mich so, mit wiegenden Hüften, den

Rücken den Zuschauern zugewandt. Sonst nichts. Ich weiß, dass ich sie damit zur Ekstase treiben kann – manche zumindest. Manchmal allerdings verlieren einige die Geduld, werden wütend, beginnen sogar zu pfeifen; schließlich wollen sie was sehen für ihr Geld. Ihnen gilt es zuvorzukommen, es ist eine ständige Gratwanderung zwischen Luststeigerung und Verärgerung.

Jetzt drehe ich mich um. Vereinzelt ist Beifall zu hören, ein zaghaftes Klatschen von behaarten Männerhänden. Sie tun es für mich. Nur weil ich ihnen jetzt mein Gesicht zeige, ihnen meinen Körper von vorn präsentiere.

Das ist Kunst, meine Lieben! Das hat vor mir noch keine geschafft in diesem Laden!

Langsam ziehe ich meinen Handschuh aus, Finger für Finger, lasse ihn, wie es erwartet wird, provozierend in der Luft kreisen und schließlich zu Boden fallen. Dann den zweiten Handschuh.

Jetzt besitze ich die ungeteilte Aufmerksamkeit aller Anwesenden. Selbst Joey verfolgt meine Show mit offenem Mund, obgleich er sie mindestens schon hundertmal gesehen hat.

In schlangengleichen Bewegungen gehe ich zu Boden und streife das goldfarbene Top ab. Beifall. Zu Recht: Es hat fünf Tage harte Proben gekostet, bis die Bewegung einwandfrei saß.

Dann richte ich mich wieder auf. Ein paar tänzerische Einlagen – nur um Zeit zu schinden –, dann streife ich den Rock ab. Sehr, sehr langsam.

Beinahe verschämt wende ich mich wieder meinem Publikum zu. Laute Ah- und Oh-Rufe erklingen. Ich danke meinen Bewunderern durch ein Lächeln.

Ein Mann aus der vordersten Reihe steckt mir einen Geldschein zu. Dafür löse ich die Büstenhebe. Die anderen begreifen sofort, drängen sich nun nach vorn zur Bühne, zu mir. Blaue und grüne Geldscheine knistern im dunstigen Zigarettennebel.

Ich knie mich dicht an den Rand der Bühne, wobei ich nicht aufhöre, meine Hüften aufreizend im Takt der Musik zu wiegen. Warme Männerhände schieben Geldscheine unter meine Strümpfe. Manch einer versucht die Gunst der Stunde zu nutzen, um einen unerlaubten Umweg zwischen meine Beine zu machen – aber damit kann ich umgehen. Und die Angreifer nehmen es nicht übel, wenn ihnen für derlei Unartigkeiten tüchtig eins auf die Finger gegeben wird.

Schließlich stehe ich auf, hake Öse für Öse meiner Strapse auf und rolle in zärtlichen Bewegungen erst den einen, dann den anderen Strumpf nach unten.

Wieder Beifall. Rufe nach einer Fortsetzung ertönen. Ich lächle in die Menge und steige mit einer graziösen Bewegung aus dem Tanzgürtel.

Nun trennt mich nur noch die Winzigkeit eines Stringtangas von der endgültigen Nacktheit – und von dem Ende meiner Show.

Keiner trinkt mehr, es ist still geworden, fast so, als hätten alle das Atmen vergessen. Wieder die Gratwanderung: Nicht zu schnell alles geben, aber auch nicht zu lange warten lassen. Meine rechte Hand streicht bewusst unschlüssig und provozierend über die Bänder des Tangas. Soll ich? fragen meine Augen.

Ja, bitte, tu es! betteln die Stimmen und die Augen der Männer.

Wollt ihr nicht selbst? fragt mein Blick neckend.

Sofort sind sie wieder da, dicht am Rand der Bühne.

Ich knie mich hin, ergeben, wie es scheint, und doch sprungbereit, falls einer gar zu aufdringlich werden sollte.

Mindestens zwanzig Hände machen sich an den dünnen Trägern meines Slips zu schaffen und zerren ihn über meine Knie nach unten. Graziös steige ich, nur noch mit den Schuhen bekleidet, heraus und richte mich auf.

Darauf haben sie gewartet, dafür haben sie bezahlt. Nun seht euch satt!

Ich drehe mich in wiegenden Bewegungen um, gehe in die Knie und genieße die geballte Erregung auf meinem Körper. Nun eine letzte Gratwanderung: mein Abgang. Sie dürfen sich nicht wirklich satt sehen, denn sie sollen ja wiederkommen. Aber es darf auch keiner das Gefühl haben, übers Ohr gehauen worden zu sein und nichts für sein Geld geboten bekommen zu haben. Also noch eine letzte aufreizende Drehung, ein versprechendes Lächeln – und dann mit einem flinken Griff zu den geldscheinbestückten Strümpfen hinter den Vorhang. Geschafft!

»Du warst super«, lallt mir Joey verklärt entgegen. Noch ein Tätscheln, diesmal für seinen anderen Arm, und zwei blaue Scheine wechseln den Besitzer.

Joey strahlt begeistert. So leicht kann man ihn glücklich machen.

Beim Abschminken habe ich viel weniger Ruhe als zuvor beim Schminken. Hastig entferne ich die Make-up-Spuren, wechsle die Kleider, eile den Gang entlang und durch die Tür, die Treppe hoch, zum Tor hinaus. Meine Absätze klappern aufgeregt in der Dunkelheit. Ich will nach Hause, ich will zu ihm, ich will es jetzt sofort!

Eigentlich kein Grund zur Aufregung, denn so ist es schließlich jeden Abend …

Warten

Warten. Auf ihn warten. Schwer ist es mir geworden in den langen Jahren des Wartens.

Immer nur warten auf ihn. Auch jetzt, hier vor seiner Tür. Warten, ob er da ist, dass er mir öffnet, dass er mich hineinbittet.

Das Warten auf ihn ist auch eine Form der Intimität, etwas, das uns verbindet, mich ihm nahe sein lässt.

Noch immer warte ich vor seiner Tür. Da – sie geht auf. »Ach, hallo, du bist es.«

Ja, wer sollte es auch anders sein, wer wartet so lange, auch nach dem vierten Läuten, noch darauf, dass die Tür geöffnet wird?

Warten auf ein Lächeln von ihm. Für mich.

Vergebens. Aber er bittet mich immerhin hinein.

Ich stehe in dem Raum, der einmal unser Raum war und nun nur noch seiner ist – unübersehbar: seine karierte Bettwäsche, seine Socken vor dem Bett, eine Jeans zusammengeknüllt neben dem Rattansessel auf dem Boden. Die Bongos sind umgeworfen. Für wen hat er gespielt?

Warten, bis er etwas sagt. Hoffentlich dauert es nicht zu lange, sonst wird die Stille, wird unser Schweigen peinlich.

»Wie geht's?« – »Gut.« – »Mir auch.« Lügen, nichts als Lügen.

Banalgeschwätz: »Du hast unsere Fotos abgehängt.« – »Ach ja, wollte mal was anderes an der Wand haben.« Schon wieder Lügen. So viele barmherzige Lügen. Ich lächle, so gut ich kann. Erzähle von interessanten Menschen, die ich kennen gelernt habe, und aufregenden Dingen, die mir passiert sind, seitdem ... Wieder nur Lügen.

Und dann wieder warten. Wen hat *er* kennen gelernt? Was hat er erlebt – seither, *ohne mich*?

Mein Warten wird diesmal nicht belohnt. Er schweigt sich aus. Es geht mich nichts an, geht mich nichts mehr an, dieses sein Leben, das er jetzt ohne mich führt.

Ohne zu fragen, setze ich mich in den Rattansessel, vergrabe meine Füße in seiner Jeans daneben. So berühre ich ihn, ob ihm das behagt oder nicht.

Ich lächle. Und muss unversehens feststellen, dass dieses Lächeln völlig unpassend ist, weil er soeben sein Schweigen gebrochen hat und mir erzählt, dass unser Kater – seit ein paar Monaten: *sein* Kater – gestorben ist. Grausam. Vergiftet. Er sieht wie ein kleiner Junge aus, der nicht fassen kann, wie ein Mensch einem Lebewesen so etwas antun kann, der nicht versteht, dass ein Wesen einem anderen Schmerz und Leid zufügt. Dabei ist er der Mann, der mir den Schmerz meines Lebens zugefügt hat. Weil er nicht mehr mit mir leben will.

Warten. Er setzt sich auf den Boden. Nicht sehr weit weg von mir, stelle ich glücklich fest und wundere mich über die Unmittelbarkeit meiner Empfindungen.

Ich wünsche mir seine Nähe. Nur ein einziges Mal noch. Ohne Bedingung, ohne Klagen, ohne Fragen – ich verspreche es.

»Ich war gerade zufällig in der Gegend«, sage ich laut. Und schaue fasziniert auf seine mageren nackten Füße. Ich will sie küssen, diese Füße, oder wenigstens streicheln, sie ansehen, ganz lange ... Und nicht nur seine Füße möchte ich küssen, sondern auch ... Nur ein einziges Mal noch.

»Spielst du noch?«, frage ich hilflos und deute auf die Bongos.

»Manchmal«, sagt er. Sonst nichts.

Und wenn ich mich auf ihn stürze, ihm gestehe, was ich fühle, was ich will? Wenn ich ihm verspreche, dass es keine Szenen mehr geben wird, keine Vorwürfe, nur Liebe und Lust? Dass zwischen uns alles viel besser klappen könnte als vorher?

»Geht die Cappuccino-Maschine noch?«, frage ich nüchtern, schüchtern.

»Klar«, sagt er. Und wieder kein Wort mehr.

Ich will dich nicht besitzen, weißt du, sage ich stumm in seine Richtung. Ich habe es begriffen, zu spät, viel zu spät – aber inzwischen weiß ich es: Du musst frei sein, frei wie ein seltener Vogel, frei und unabhängig. Und ich werde dich lassen, wann immer du gelassen werden willst. Aber komm zu mir, einfach so, lass mich noch einmal deine Haut spüren, deinen Geruch, die Wildheit deiner Bewegungen.

»Trinkst du einen Cappuccino mit, wenn ich einen mache?«, frage ich.

»Ja«, sagt er.

Benommen vor Glück schwebe ich in die Küche: Ich darf Cappuccino machen! Für uns beide! In der Küche, die einmal unsere war. Er hat ja gesagt! Betörender hätte keine Liebeserklärung auf mich wirken können.

Ein verbotener Blick in den Geschirrschrank. Sind sie noch da, unsere Teller, die mit dem bunten Rand? Mein Frühstücksbecher – da steht er. Wie ein verlässlicher Fels in der Brandung. Du hast die Stellung gehalten, flüstere ich ihm liebevoll und verschwörerisch zu.

Der Cappuccino schmeckt erbärmlich. Er trinkt ihn schweigend. Viel zu schnell, wie immer.

Warten. Keiner spricht ein Wort. Ich spüre, wie die

Distanz größer wird, zu groß. Schnell eine verbale Brücke zu ihm aufbauen – wenn's gar nicht anders geht, dann eben aus der Kiste »Weißt du noch?«.

Der Urlaub am Gardasee. Rom. Die letzte Party mit Stefan und Ulrike. Die Tabori-Theaternacht in Wien. Der missratene Weihnachtsbraten. Er lacht. Er lacht! Trocken und viel zu kurz – aber er lacht! Eine heiße Welle des Glücks erfasst meine Seele.

Schnell die Brücke nutzen, bevor sie wieder einstürzt! Beim Nachgießen berühre ich seine Hand, dann ein tiefer Blick – wie geht das noch? –, und wie zufällig setze ich mich neben ihn auf den Boden.

Hilf mir doch! So flehe ich in sein nun ganz nahes Ohr, lautlos natürlich. Sag doch was, mach doch was!

Er trommelt irgendeine Melodie mit den Händen auf den Boden. »Heiß heute.« Ja, heiß – viel zu heiß und viel zu kalt, ohne deine Berührungen. »Vielleicht sollten wir die Jalousien schließen?«, schlage ich vor.

»Wir«, habe ich gesagt. *Wir* beschließen, ob *wir* die Jalousien schließen. Mein, dein, unser – darin liegt das Glück begründet. Ich habe es zu spät begriffen.

»Okay«, meint er, steht auf und schließt sie.

Da steht er, vor dem Fenster, viel zu klein, viel zu dünn. Weiß der Himmel, was ich an ihm finde! Doch: Was ich von ihm will, weiß ich sehr genau.

Also: Steh auf, geh hin zu ihm! Sag was, um Himmels willen – vielleicht wartet er ja nur darauf. Jetzt oder nie. Moral über Bord, Emanzipation zum Teufel, ich will lieben, will ihn lieben – und zwar auf der Stelle! Wer wagt, gewinnt … vielleicht …

Langsam stehe ich auf und gehe auf ihn zu. Bleibe vor ihm stehen. Wie ein kleines Mädchen: hilflos, ängstlich, mit hängenden Schultern.

»Du«, sage ich. Jedes weitere Wort würde über meine Kräfte gehen. Das Einzige, wozu ich noch imstande bin, ist ein scheuer Blick in seine undurchdringlichen Augen – bittend, flehend. Nur jetzt nicht weinen, stark sein, cool sein, locker-flockig, unkompliziert!

Warten. Ich höre seinen Atem. Schon wieder spüre ich Glück. Vielleicht könnten wir einfach so stehen bleiben, so ganz nah – seinen Atem in meinem Ohr, seinen Geruch in meiner Nase …

»Lass uns ins Bett gehen«, sagt er da in seiner unnachahmlich trockenen Art, eher nebenbei, und ich segne ihn für die Klarheit seiner Ausdrucksweise.

Auf dem Bett, nackt, schauen wir uns an. Ewig. Wir atmen Mund an Mund. Wir verstricken uns ineinander. Wen interessiert noch, was Mein und Dein ist, was Geben und Nehmen?

Eins und eins sind mehr als zwei.

Wir schlafen zusammen, eng umschlungen, Auge in Auge, Mund an Mund. Wir implodieren, wir explodieren, wir liebkosen, wir staunen, wir rasen, wir seufzen.

Spät in der Nacht schläft er ein. Meine Augen liebkosen seinen Rücken. Alles ist diesem Rücken abzulesen: seine Verspannung, seine Hoffnungslosigkeit und seine Schmerzen, sein Selbstmitleid, seine Aggressionen und seine Leidenschaft.

Jeden Zentimeter seiner Haut möchte ich liebkosen, aussaugen möchte ich jede Zelle. Hineinkriechen möchte ich in ihn, seine Eingeweide zärtlich berühren.

Das Bild, wie er schlafend vor mir liegt, in mich aufnehmen, es in meinem Innersten bewahren und dann gehen: so muss es sein. Keine Fragen nach dem Morgen. Es ist so einfach und doch so schwer: Nichts besitzen und doch alles haben, weil ich ihn liebe.

Du mein schlafender Prinz, wie schön du bist, sage ich stumm und betrachte zärtlich sein Gesicht.

Er öffnet die Augen, verträumt wie ein kleines Kind. »Koch Kaffee«, meint er nur und dreht sich zur anderen Seite. »Aber einen gescheiten!«

Selten haben Worte so feierlich geklungen.

An einem Freitag wie an jedem anderen

An einem Freitag wie an so vielen Freitagen zuvor überquert die junge Frau eilig die Straße zum Bahnhof. Die Tüten in ihren Händen hält sie verkrampft, ihre Gesichtszüge verraten Anspannung. Ihr Blick gleitet zur großen Uhr an der Vorderseite des Bahnhofsgebäudes. Ihre Schritte beschleunigen sich. Die Absätze ihrer Halbschuhe klappern laut auf dem Asphalt und auf den Steinfließen der Bahnhofshalle.

Es ist kurz vor 15.30 Uhr. Sie atmet auf, als sie endlich vor dem Fahrscheinautomaten für Nahverkehrszüge steht.

Das Kunststück mit zu wenig Händen und zu viel Tüten und noch mehr Kleingeld gelingt ihr offensichtlich mühelos. Der Automat rattert und druckt vergnügt ihr Fahrziel, spuckt den Schein in höhnisch hohem Bogen aus.

Der kleine Feierabendzug steht schon auf Gleis sieben bereit. Die junge Frau keucht unter der Last ihrer Wochenendeinkäufe. Nur noch wenige Schritte bis zum Zug. Und dann nur noch eine Viertelstunde Fahrt. Dann würde sie zu Hause sein. Zu Hause – in der Etagenwohnung des großen Wohnblocks am Rande der Stadt. Sie würde den Fisch braten, der in einer der Tüten sorgsam eingepackt auf dem frischen Gemüse vom Markt liegt, und den Spätburgunder aus dem Delikatessengeschäft dazu servieren. Sebastian, ihr Mann, würde ihre neue Frisur mit einem zufriedenen Lächeln quittieren und dankbar die gebügelten Anzüge aus der Reinigung in Empfang nehmen. Ja, sie hatte an alles gedacht. Nichts konnte diesen Freitagabend mehr daran hindern, so zu werden wie so viele andere zuvor.

»Die Fahrausweise bitte!« Ein ungläubig entsetzter Blick aus zwei aufgerissenen Augen lässt den uniformierten Schaffner seine Frage wiederholen.

Die junge Frau scheint verwirrt. Ein Zugführer mustert sie irritiert, ein IC-Führer. Was in Gottes Namen mache ich, hier, in einem …

»Ihr Zielbahnhof«, wiederholt der Zugführer deutlich ungeduldiger.

Ziel, ihr Ziel. Die junge Frau spricht leise. »Ich fahre durch. Bis zum Ende.« Ihre vor Aufregung feuchten Hände umklammern dabei den zerdrückten Verbundausweis für den Bummelzug.

»Bis nach Hamburg also, junge Frau«, vergewissert sich der Bahnbeamte. Hamburg. Hamburg. Das klingt unendlich weit. Anders. Neu.

»Hamburg, ja«, sagt sie, »Hamburg.« Es klingt wie ein Zauberwort … Der Beamte stellt ihr eine Fahrkarte aus, und sie hält ihm das Geld hin.

Die Tüten mit dem Anzug und den Lebensmitteln schiebt sie mit den Füßen unter den Sitz. Sie sitzt sehr verkrampft. Später läuft sie durch den Zug, nimmt dann einen unbequemen Sperrsitz in Kauf, um in Fahrtrichtung sitzen zu können. Nach vorne sehen, Zukunft. Aussichten. Das Vergangene vergessen. Vorbei. Vorbei.

Sie schließt die Augen. Ihr Herz pocht. Was tue ich hier? Etwas, das sie eigentlich immer verabscheut hat. Heimlichkeiten. Feigheit. Flucht. Sie hatte immer für Ehrlichkeit plädiert. Aufrichtigkeit gefordert. Für sich und von sich. Gefühle müssen offenbart werden – auch ihr Verschwinden.

Und doch: Wenn es keine Erklärung gab? Nur das unbegreifliche Wissen, gehen zu müssen, um sich selbst zu retten. Ein kleiner Junge läuft jauchzend den Gang zwischen den Sitzen auf und ab. Er strahlt sie an. Schnell die Augen schließen. Vergessen. Verdrängen. Es geht ihm ja gut. David ist bei seinem Vater. Sie wird ihn wieder sehen. Bald. Sobald sie sich wieder hat.

Die Zukunft scheint eine schwarze undurchdringliche Masse zu sein. Dunkelheit. Vereinzelte Lichtpunkte ziehen an ihrem Zugfenster vorbei. Ungewissheit. Hoffnung und Angst. Freiheit und Leere. Liebe und Leidenschaft ...

Warum sitze ich hier, im Zug? Habe ich geträumt? Verstört blicke ich um mich. Der Wagen des IC-Zuges ist so gut wie leer, nur ein Mann schläft gegenüber mit weitgeöffnetem Mund. Die Dämmerung starrt durch die Scheibe auf mich herab. Ein Schaffner kommt: »Guten Morgen! In wenigen Minuten erreichen wir Hamburg Hauptbahnhof.« Die Lautsprecheranlage wiederholt kurz darauf exakt seine Worte und setzt hinzu: »Bitte alle aussteigen, dieser Zug endet hier. Wir hoffen, Sie hatten eine angenehme Reise.« Sieben Uhr und zehn Minuten. Sebastian wird jetzt wach sein und David auch. Nicht daran denken.

Ich fahre mit meinen Händen durch das wirre verklebte Haar. »Haben Sie nicht Ihre Tüten vergessen?«, erinnert mich der freundliche Schaffner. Sebastians Anzüge, der Fisch und das Gemüse. »Nein«, sage ich klar und deutlich, »diese Sachen gehören mir nicht.« Nicht mehr, ergänze ich leise.

Hamburg. Es ist kalt, und es ist fast noch Nacht. Der Bahnhof wirkt feindlich und abweisend. Ich weiß nicht, welchen Ausgang ich nehmen soll: Nord oder Süd. »Die

Hotels liegen auf der Kirchenallee«, belehrt mich die Toilettenfrau. Ich folge den Schildern, stehe einer Kette verschiedener Hotels gegenüber und gehe in das erstbeste. Die Preise sind hoch, das Zimmer ist klein, aber mir ist alles gleich. Ich werde leben. Ich werde mich selbst wiederfinden. Hier in dieser Stadt, die mir so misstrauisch gegenübersteht. Ich werde meinen Körper wiederfinden, meine Lust jenseits aller Normen, Konventionen und ehelicher Zwänge. Ich wälze mich unruhig in den gestärkten Laken, eine Kirchturmuhr schlägt gnadenlos laut jede Stunde, und ich weine verbotene bittere Tränen in die Kissen: Mein Kind, ich habe dich verlassen, aber ich muss das Leben wiederfinden. Gar keine Mutter ist besser als eine tote Marionette. Du wirst das eines Tages verstehen …

Es kann einfach kein Zufall gewesen sein. Diese große Stadt, diese unzähligen Bars und Cafés, und doch gerate ich, wie von fremder Hand geleitet, gerade in dieses eine, in dem er sitzt. Seine dunklen Augen waren das Erste, was mir auffiel. Dann sah ich sein zynisches Grinsen, als ich mit aufgesetztem Selbstbewusstsein und stolzer Kopfhaltung todesmutig allein zum Tresen schritt. Er beobachtete mich so ruhig wie ein Leopard sein Opfer. Ganz langsam glitt sein Blick von meinem Kopf hinunter bis zu meinen Füßen, die in neuen schwarzen Lackstiefeln steckten – schließlich bin ich hier nur noch Frau und keinem Abenteuer abgeneigt. Zu gegebener Stunde – in Wahrheit waren kaum zehn Minuten vergangen – erhob er sich, stellte sein Glas neben das meine, sah mich an und lächelte ein teuflisch-verführerisches Lachen. Er entblößte eine Reihe spitzer, weißer Zähne. Er sagte nichts, und ich auch nicht, weil ich Angst hatte, mich zu blamieren, und mein Herz ohnehin schon bis zum Hals schlug. Irgendwann, nach lustvollen Ewigkeiten in dieser stummen Aufregung, strich er eine Haarsträhne aus meinem Gesicht und sagte: »Du solltest die Haare kürzer tragen, diese Mähne steht dir nicht.« Ich konnte noch immer nichts sagen, und eine Weile genoss ich einfach seine Nähe, die Fremdheit seines Atems, die Wildheit seines Geruchs. Das Erste, in das ich mich verliebte, war seine Halsschlagader, die in so kühlem, sicherem Rhythmus schlug, dass ich wie gebannt darauf starren musste.

Ich verbot mir die banale Frage nach seinem Namen, ich wollte nichts über ihn und sein Leben erfahren, viel zu sehr genoss ich seine Fremdheit. Also tranken wir weiter, schweigend und lauernd. Ich wurde betrunken und doch auf geheime Weise immer nüchterner, meine Hemmschwelle sank mit der Steigerung meiner Gier. Ich wollte mich an seinen Hals pressen, meinen Kopf in seinen Achselhöhlen vergraben und vergessen, woher ich gekommen war. Er aber legte einen Schein auf die Theke und nickte dem Barkeeper zu. Dann stellte er sich neben mich – noch immer war ich unfähig zu einer Bewegung oder einem Wort – und nahm meinen Kopf in seine Hände. Seine Lippen pressten sich auf meine, und wie unter einem teuflischen Zwang öffnete ich augenblicklich meinen Mund. Seine Zähne schlugen auf meine, und seine Zunge stieß mit solcher Wucht an meinen Gaumen, dass ich zu ersticken glaubte, während ich mir gleichzeitig wünschte, bis zum Platzen von seiner Zunge ausgefüllt zu werden. Er aber zog seinen Mund zurück, strich mir noch einmal die Strähne aus dem Gesicht und sagte: »Ich bin morgen wieder hier.« Mit diesen Worten verschwand er. Und ich blieb zurück, zusammen mit meiner ungestillten Lust, einer maßlosen Gier. Dem Weinen näher als dem Lachen (scheinbar ohne Hoffnung, der Verzweiflung preisgegeben) und mit so viel Lust zurückgelassen, dass ich fürchtete, mir könnte der Geruch einer läufigen Hündin anlasten. Den Rest der Nacht schwitzte ich in meinem nüchternen Hotelbett. Der Raum erschien mir unerträglich hell mit seinen weiß getünchten Wänden. Ich sehnte mich nach einer dunklen erdigen Höhle, in der ich wahren Schutz finden würde: Geborgenheit, vor dem, was kommen würde, und vor allen Dingen vor mir selbst.

Ich vergaß meinen Stolz, meine Vergangenheit, mein Kind, als ich am nächsten Abend in der Bar saß und mir den Hals Richtung Tür verrenkte. Er kam sehr spät, registrierte zufrieden meine Anwesenheit und lief an mir vorbei auf eine Gruppe Frauen zu, die hinter mir stand. Wohl eine Stunde hörte ich ihn mit ihnen reden, lachen, trinken. Mein Blut pulsierte in einem verlorenen Rhythmus in meinen Adern, und eine zaghafte Stimme tief in meinem Inneren flehte darum, diese Stätte der Schmach sofort zu verlassen.

Ich aber blieb und verließ den Barhocker noch nicht einmal, um zur Toilette zu gehen, obwohl ich dieses Bedürfnis seit Stunden hatte. Ich unterdrückte es aus Angst, er könnte weg sein, wenn ich wieder zurückkäme. Irgendwann spürte ich seinen Atem an meinem Ohr und gleich darauf seine Hand in meinem Haar. »Sie sind immer noch zu lang«, waren seine ersten Worte, und meine Knie fingen an zu zittern. Ich versuchte, mich auf seine Hände, genauer die Knöchel seiner Handrücken, zu konzentrieren, die jetzt neben seinem Glas auf dem Tresen lagen, und ruhig zu atmen. Beides misslang. Ich spürte, wie die Gluthitze in meinem ganzen Körper hochstieg, und ich unterdrückte mühsam den Impuls, mich auf diesen grausam lächelnden und doch zärtlich blickenden Menschen zu stürzen. Ich hätte ihn verschlingen müssen, um meine Gier nach ihm zu stillen. Ein Gefühl, das ich nie zuvor in meinem Leben erlebt hatte. Ich genoss die irreale Situation, meine Hilflosigkeit und Hingabe an diesen Augenblick. Als er sagte: »Lass uns gehen!«, stand ich augenblicklich auf und folgte ihm wortlos und glücklich durch die Glastür in die Kälte der Nacht. Wir überquerten Straßen, umliefen Häuserblocks. Er lief in rasender Geschwindigkeit, wie ein getriebenes Tier, und ich hatte Mühe, ihm mit meinen hohen Absätzen zu folgen. Ich keuchte hinter ihm die Treppe eines alten Patrizierhauses nach oben und schnaufte schwer, als ich nach ihm durch eine schwarz gestrichene Wohnungstür in einen finsteren Flur trat.

Ich tapste hilflos im Dunkeln, tastete mich an einer Wand entlang, als mich Arme umfingen und in ein Zimmer drängten, das nur spärlich beleuchtet war. Ich erkannte sein Gesicht über meinem, seine entblößten spitzen Schneidezähne und streckte ihm flehend meine Lippen entgegen, während er mich mit harten Bewegungen entkleidete. Bald stand ich nackt vor ihm, durch seinen Blick bis auf die Knochen in aller Hässlichkeit preisgegeben. Nie empfand ich meine Brüste schwerer und hängender als in diesem Augenblick, nie hasste ich meinen mit Schwangerschaftsstreifen bedeckten Bauch mehr als jetzt, und meine durch das viele Ab- und Zunehmen wabbligen Oberschenkel zitterten vor Scham und Schande. Er überging meinen bettelnden Mund, meine um Nachsicht bittenden Augen und ließ mich eine ganze Weile einfach so stehen. Ich fürchtete schon, dass er mich wegschicken würde, als er plötzlich meinen Körper auf das Bett hinter mir drückte. Seine Bewegungen waren so geschmeidig und sicher wie die einer Wildkatze, sein Atem war zu keiner Minute beschleunigt, und die Härte und die gleichgültige Verachtung, mit der er mich kurze Zeit später nahm, ließen mich glückselig erschauern. Niemals war ich erregter gewesen, nie habe ich mich mehr hingegeben als in diesem Augenblick, in dem meine eigenen Wünsche, Ansprüche und Empfindungen so unwichtig wurden. Bloße Lust und kaltes grausames Begehren. Nur einen flüchtigen Augenblick sanken seine Augen in meine, und ich glaubte, ein jähes Aufblitzen von Weichheit und Liebe zu erkennen, dann war es schon vorbei. Lautlos und schnell. Er zündete sich eine Zigarette an, stieg in seine Kleider, und ich wusste, dass ich dasselbe tun musste. Traurig sog ich so viele Einzelheiten des Zimmers, so viele Eindrücke wie nur eben möglich in mich ein, wissend, dass ich keine Gelegenheit mehr bekommen würde, ein zweites Mal genauer hinsehen zu können. Ich nahm meinen Mantel, blieb an der Tür einen Moment stehen, sah ihn an und sagte: »Ich gehe dann wohl.« Er nickte lächelnd, wohl mehr aus Gefälligkeit, und ich sah noch einmal seinen rechten Schneidezahn, spitz und weiß wie der eines Leoparden. Dann wandte er sich ab, und ich lief tränenverschleiert die Treppen des Hauses herunter, überquerte Straßen, umlief Häuserblocks und fand erst gegen Morgen den Weg zurück in das Hotel gegenüber dem Hauptbahnhof.

Als ich mein Zimmer betrat, sah ich ein Blatt auf dem kleinen Schreibtisch liegen: eine Gesprächsnotiz der Telefonistin. »Ihr Mann hat angerufen und bittet um sofortigen Rückruf.«

Ich riss mir die Kleider vom Leib, legte mich in die kalten Laken und presste die Arme und Beine ganz fest zusammen, um so viel wie nur eben möglich von ihm zu bewahren.

Gespräch in der Nacht

Ein abgedunkeltes Schlafzimmer in einem Mädchenpensionat. Zwei Schreibpulte an der Wand vor dem Fenster, zwei Kleiderschränke links und rechts neben der Tür und an jeder Wand ein Bett. Schlafenszeit.

»Der«, sagt da eine Stimme ins Dunkel des Zimmers, »der, den ich mir wünsche, müsste groß und kräftig sein, sein Haar lang und schwarz, und die Augen müssten blau sein – sehr blau und sehr kalt.«

»Da friert es mich ja schon bei der Vorstellung«, entgegnet die andere Stimme aus der Nacht. »Der, den ich mir vorstelle, ist eher schlank, nicht besonders groß, die Haare könnten auch schwarz sein, aber in seinen Augen möchte ich die Erde sehen, die braune, warme, lockende Glut der Erde ...«

»Weißt du noch?«, fährt die erste Stimme fort. »Als kleine Mädchen haben wir oft beieinander übernachtet und uns gegenseitig von Männern vorgeträumt. Ich wollte schon damals einen großen, starken Mann, einen Piraten mindestens oder einen Indianerhäuptling, heiraten. Und du warst damals in den schmächtigen Sohn des Kaufmanns verliebt.« Das Mädchen lacht.

»Verliebt ist zu viel gesagt«, rechtfertigt sich die Freundin aus dem gegenüberliegenden Bett. »Allerdings gebe ich zu, dass ich schon immer den asketischen Typ bevorzugt habe.«

»Der Richtige wäre in einer Nacht wie dieser sehr zärtlich zu mir, aber auch leidenschaftlich und wild. So wie

Rhett Butler in ›Vom Winde verweht‹. Ein bisschen grob sollte er sein, manchmal vielleicht sogar …«

»Grob dürfte mein Mann niemals sein, da ginge ich gleich auf und davon. Aber leidenschaftlich ist gut, auf jeden Fall, vielleicht stürmisch …«

»Ich wünschte, er würde meinen Körper unbeherrscht an sich reißen, seine Lippen auf meine pressen, wenn ich ihm gar zu lange einen Kuss verwehren würde. Natürlich würde ich mich wehren, aber nicht sehr – schließlich wäre ich mindestens genauso verrückt nach seinen Küssen wie er nach meinen.«

»Unsinn! Ein Mann ist immer begieriger als eine Frau. Ich ließe ihn betteln und werben, solange es geht. Und erst ganz kurz bevor er die Beherrschung verliert – und wirklich erst dann –, bekäme er ihn, den Kuss …«

»Du willst eine von diesen Romanfiguren, die auf Knien rutschen, ›O Liebste, erhöre mich!‹ flehen und sich dankbar davonschleichen, wenn sie auch nur einen Hauch deines Atems erhaschen. Mein Mann wartet nicht so lange. Er nimmt sich, was er will und braucht. Aber nur von mir und nur, weil er weiß, dass ich es eigentlich auch will.«

»Und wie soll er so genau wissen, was du willst?«

»Er weiß es einfach. Er spürt es. Er ist nicht nur grob, sondern eben auch sehr einfühlsam. Er ist leidenschaftlich, impulsiv und dennoch sensibel. Er erkennt meine geheimsten Wünsche.«

»Und was sind deine geheimsten Wünsche?« Rascheln von Bettzeug.

»Du verrätst sie keinem?«, fragt die erste Stimme zaghaft.

»Niemals«, versichert die andere.

»Wirklich nicht?«

»Bei meinem Leben: niemals! Habe ich dich je verraten?«

»Nein.«

»Na also!«

»Weißt du«, beginnt die erste Stimme zögernd, »mit deinen sanft werbenden Romanfiguren kann ich nichts anfangen. Wenn mich ein Mann wirklich liebt, dann will ich das spüren – und es nicht nur gesagt, gesungen oder geschrieben bekommen.«

»Spüren? Liebe spüren? Wie das?«

»Er würde mich zwingen, sie zu spüren. Der Richtige wirft mich über seine Schulter und trägt mich in sein Schlafzimmer. Einfach so, weil er es will.«

Das zweite Mädchen holt ganz tief Luft. »Und dann …?«

»Im Schlafzimmer lässt er mich hinunter auf den Boden«, fährt die erste Stimme fort. »Er sieht mich an und fragt: ›Bist du nun bereit, dich meinem Willen zu unterwerfen, wie du es bei unserer Vermählung versprochen hast?‹«

»Und was sagst du?«

»Ich sehe ihn nur schweigend an. Das akzeptiert er natürlich nicht. ›Ich sehe, dass du dein Versprechen nicht einhalten willst‹, wird er sagen. ›Dann werde ich dich eben mit Gewalt zu deinen Pflichten rufen.‹ Er wird mich aufs Bett werfen, sich auf mich knien und meine Hände festhalten.«

»Und du schreist nicht um Hilfe? Mein Gott, ich fände das furchtbar! Auf der Stelle würde ich diesen Rohling verlassen!«

»Du verstehst gar nichts«, erwidert ihre Freundin mit leiser Stimme. »Ich hätte ihn sofort verlassen, wenn er sich durch mein Schweigen von seinem Verlangen nach mir hätte abbringen lassen. Er aber, der Richtige, hält meine Hände mit der einen Hand fest und öffnet mit der anderen Knopf für Knopf mein Kleid. Und die ganze Zeit über blickt er mich an mit diesen eiskalten blauen Augen ...«

»Ich würde sterben vor lauter Angst. Wer weiß, was er alles mit dir machen wird«, wirft die andere Stimme ein.

»Er würde mit mir immer nur das machen, was für ihn gut ist und deshalb auch für mich«, belehrt die erste Stimme die ängstliche neben ihr. »Und das weiß ich, weil er mich liebt. Denn das ist eben die Liebe. Seine Liebe. Und ich selbst würde ihn in diesem Moment mehr lieben als je zuvor, und das wüsste er auch. Er würde mich entkleiden, Stück für Stück. Längst hätte er meine Hände wieder freigegeben, weil er genau wüsste, dass ich mich nicht mehr gegen das, was er vorhat, wehren würde, und schließlich läge ich nackt vor ihm ...«

»Und dann?«

»Dann betrachtet er mich. So wie ich in diesem Moment vor ihm liege: nackt und ausgeliefert. Seine Augen sind voller Liebe. ›Bist du bereit?‹, fragt er mich. Und mein Blick sagt ja. Er legt mir seine Hand auf den Mund, sodass ich nicht schreien kann, und dann graben sich seine sehr langen, sehr spitzen Fingernägel langsam in mein Fleisch. Mein Oberkörper bäumt sich auf, ich versuche zu schreien, aber seine Hand verhindert das. Mit seinen Nägeln zieht er von meinem Hals aus blutige Linien bis zu meinen Brüsten. Er zieht meine Brustspitzen zwischen Zeigefinger und Daumen lang, und mit dem Nagel des anderen Zeigefingers ritzt er tiefe Schnitte in meine empfindlichen Warzen – einmal, zweimal, dreimal und noch einmal ... Mein Körper bebt und zuckt. Lustschreie entschlüpfen meinen Lippen, mit Schmerzensschreien vermischt. Und wenn der Schmerz zu einer einzigen lodernden Flamme angewachsen ist, dann erst dringt er in mich ein, und wir werden zu einem einzigen Feuer lustvollen Begehrens. Ach ja ...«

Jäh bricht die Stimme ab. Das Mädchen starrt hinüber zur Wand, wo es schemenhaft die Umrisse des anderen Bettes erkennen kann.

Die Freundin hat sich nicht gerührt während der letzten Minuten.

Jetzt aber schlägt sie die Bettdecke zurück und streckt ihre Hand aus – eine Hand mit sehr langen, sehr spitzen Fingernägeln.

»Bist du bereit?«, fragt sie ins Dunkel hinein.

Er und Sie

ER: Hier hinein.
Zieht sie an beiden Händen ins Schlafzimmer.

SIE: Bitte noch nicht. Ich will erst ...

ER: Was du willst, spielt keine Rolle. Na komm schon!

SIE: Lass uns doch erst mal reden. Ich möchte nicht gleich, sofort hier, weißt du ...

ER: Du wirst genau das tun, was ich dir jetzt sage, mein Liebes!

SIE *klammert sich an seinen Hals:* Du, bitte ...

ER *umfasst ihren Nacken und drückt ihren Kopf kräftig nach unten:* Willst du jetzt endlich deinen Mund halten!

SIE: Ja ...
Sie sind im Schlafzimmer angekommen. Eine kleine Nachttischlampe brennt. Der größte Teil des Raumes wird von einem schmiedeeisernen Gitterbett eingenommen. Beide stehen jetzt vor dem Fußteil des Bettes.

ER: Knie dich hin!

SIE *klammert sich ganz fest an ihn:* Nein ... nein.

ER: Zum letzten Mal: Auf die Knie!

SIE *schluchzend:* Ja ...
Sie löst sich langsam von seinem Körper, der für sie Bedrohung und Gefahr ist, ihr aber zugleich auch Schutz und Geborgenheit gegeben hat. Nach einem zaghaften Blick in seine Richtung sinkt sie langsam, den Mund fest zusammengepresst, auf die Knie. Ihr Rücken bebt.

ER: Zieh das Hemd aus!
Sie greift langsam an die Knopfleiste, öffnet Knopf für Knopf, zögert einen Augenblick lang und streift sich dann das weiße Hemd von den Schultern. Darunter ist sie nackt.

ER: So ist es brav, mein Kleines! Weißt du, was dich jetzt erwartet?

SIE: Ja.

ER: Sag's mir!

SIE: Ich kann nicht …

ER: Sag es!

SIE *mit erstickter Stimme:* Du wirst mich züchtigen.

ER: Womit werde ich dich züchtigen?

SIE: Mit der Riemenpeitsche.

ER: Wie werde ich dich züchtigen?

SIE: Hart, aber gerecht.

ER: Wofür werde ich dich züchtigen?

SIE: Für meine Launenhaftigkeit und meinen Ungehorsam.

ER: Ja, ich werde dir jetzt deinen Ungehorsam austreiben, darauf kannst du dich verlassen. Beug dich übers Bett!
Seine Stimme ist härter und beinahe schneidend geworden.

SIE: Bitte …
Ihr Herz klopft wild, und ihr wird heiß, überall.

ER: Runter. Ganz runter!

SIE *beugt sich über das Bett.*

ER: Ganz runter, hab ich gesagt! Die Arme nach vorn, und die Beine schön auseinander!
Sie gehorcht – zögernd, zitternd. Liegt eine Weile bewegungslos da in banger Erwartung. Ein Rascheln. Dann seine Schritte, die sich entfernen. Eine Tür wird geöffnet und wieder geschlossen. Seine Schritte

nähern sich wieder. Ihr Herz klopft schneller. Er bleibt stehen. Kaltes Leder streift ihren Rücken. Dann eine Hand auf ihrem Haar – tröstend.

ER: Ich werde dir sehr, sehr wehtun.

SIE: Du, du …

ER: Es muss sein, Liebes, du weißt es.

Sie schweigt, streckt ihm ihren Hintern aber ein wenig mehr entgegen. Dann der erste Schlag. Sie stöhnt auf, will zum Schrei ansetzen. Der zweite Schlag. Sie schreit. Ihr Rücken, von zwei roten Striemen gezeichnet, brennt. Der dritte Schlag trifft ihre zusammengepressten Pobacken. Zwei weitere Schläge. Ihre Hände krallen sich in den weichen Stoff des Bettüberwurfs. Ihre Schreie ersticken in Tränen.

SIE: Nein, nein … Bitte, nein … Bitte, mach weiter … Nein, hör auf … Fester, ja, mach weiter … Aufhören, nein, bitte …

Ihr geschundener und erhitzter Körper, ein Bildnis der Lust, wird vom Weinen geschüttelt. Er legt die Peitsche aus der Hand, kniet sich neben sie, dreht sie auf dem Bett zu sich herum. Sie wimmert, als ihr gezeichneter Rücken das Bett berührt.

SIE *mit tränenverschleiertem Blick:* Ich liebe dich. Es tut mir so Leid. Ich liebe dich, du …

ER: Ich weiß.

SIE: Bitte, darf ich jetzt zu dir kommen?

ER: Nein.

SIE *weint.*

ER: Wir sind noch nicht fertig.

SIE: Aber ich kann nicht mehr, ich kann wirklich nicht mehr.

ER: Du kannst noch sehr gut. Ich hatte dich gewarnt. Diesmal ist es Ernst.

SIE: Du hast mir doch schon so wehgetan. Komm, liebe mich!

ER: Später. Vielleicht …

SIE: Du meinst das wirklich ernst?

ER: Ja.

SIE: Nein!!

Er ergreift ihre Hände und zieht sie blitzschnell zum Kopfteil des Bettes. Nacheinander bindet er ihre Hände an die Gitterstäbe – weit auseinander. Ihr Körper krümmt sich unter seinem Knie, mit dem er sie niederhält.

SIE: Bitte, bitte, bitte …

ER: Schweig!

Betrachtet ihren schönen schlanken Körper, der nun wehrlos ausgeliefert ist.

SIE *mit Angst in den Augen:* Wirst du wiederkommen? Du allein? Bald? Sag doch, wann!

ER: Mal sehen …

SIE: Bitte sag, dass du wiederkommst!

ER: Mal sehen …

SIE: Du wirst nicht erlauben, dass ein anderer … Nicht wahr, du wirst nicht zulassen, dass ein anderer mir wehtut?

ER: Warum nicht?

SIE *schluchzt:* Aber du wirst dabei sein, du wirst aufpassen, nicht wahr? Sag: Wann kommst du wieder?

ER: Wenn ich Lust habe.

SIE *weint jetzt hemmungslos:* Ich möchte, dass du bei mir bleibst, bitte! Ich habe Angst. Ich werde alles tun, was du von mir verlangst …

ER: Ich weiß, mein Liebes. Es wird dir auch gar nichts anderes übrig bleiben.

SIE: Ich habe wirklich Angst hier allein …

ER: Ich weiß. *Löscht die kleine Nachttischlampe und geht langsam zur Tür.*

SIE *schreit:* Nein!! Du gehst wirklich? Und ich?

ER *blickt sie ruhig an – liebevoll und hart zugleich. Geht hinaus.*

Das Versprechen eines Fremden

Der Fremde tauchte als dunkler Schatten aus der Dämmerung auf. Es war zunächst nicht mehr von ihm zu sehen als sein nackter Oberkörper, der hell schimmerte. Dann erkannte sie auch die Zähne, die zwischen seinen Lippen glänzten, und das blasse Licht seiner Augen.

Sie spürte, wie die Langsamkeit seiner Bewegungen sie unruhig werden ließ. Jetzt spürte sie die Spannung wieder in sich, die sie soeben mühsam niedergekämpft hatte, nachdem sie schon den ganzen Tag von ihr erfüllt gewesen war, bis zu dem Moment, da sie sich hier eingefunden hatte.

Sie hasste es, unruhig und nervös zu sein. Denn sie hasste es, Schwäche zu zeigen und sich unterlegen zu fühlen. Nervöse Menschen waren den Ruhigen immer unterlegen.

Und dieser Mann war ruhig. Bestimmt hatte er weder feuchte Hände, noch beschleunigte sich sein Herzschlag. Sie fragte sich, ob es in seinem Unterleib so heftig brannte wie in ihrem, seit sie von dieser Verabredung wusste, ja ob er wenigstens eine Spur von Erregung fühlte. Oder war seine offensichtliche Gelassenheit nichts weiter als ein raffiniertes Schauspiel?

Mit einer letzten, gleitenden Bewegung hatte der Mann sie erreicht an diesem geheimen Ort zwischen den Bäumen, der geschützt war vor den Blicken der Welt.

Sie hatte bereits eine Stunde hier gesessen, hatte auf den Mann gewartet und dem Rauschen irgendeines Baumes gelauscht. Halb hatte sie geglaubt, der Mann werde nicht kommen, und das hatte sie irgendwie beruhigt. Einmal war sie schon so weit gewesen, dass sie sich selbst auslachte: Wie konnte sie nur so dumm sein, hier zwischen den Bäumen zu sitzen und auf einen Mann zu warten, der ihr versprochen hatte, er werde sie inmitten dieser bedrohlich romantischen Wildnis so lieben, dass sie vergessen würde, wo sie sich befand! So ein Angeber, hatte sie gedacht und war belustigt über sich selbst gewesen, als sie merkte, dass er wohl nicht kommen würde.

Umso verunsicherter war sie nun, da er doch gekommen war. Sie war sich sicher, dass es zu seiner Absicht gehörte, sie unsicher zu machen – denn warum sonst hätte er sie mehr als eine Stunde warten lassen sollen? Er wollte ihr keine Gelegenheit lassen, auf ihn vorbereitet zu sein, er wollte sie in jene Verwirrung stürzen, in der sie sich augenblicklich befand.

Für einen Moment war sie verärgert, dann aber machte sie sich klar, dass er ihr mit seiner Verspätung eigentlich auch die Möglichkeit eingeräumt hatte, zu verschwinden und sich niemals wieder blicken zu lassen.

Dass sie *nicht* verschwunden war, dass sie eine ganze Stunde gewartet hatte, bewies ihr einmal mehr, dass sie verrückt sein musste. Dass sie nach diesem Mann verrückt sein musste – und zwar viel mehr, als sie das anfangs für möglich gehalten hatte.

»Du«, sagte er sanft, als er schließlich vor ihr stand. Sie zuckte zusammen und lächelte schwach.

»Ja …«, erwiderte sie gedehnt, ohne genau zu wissen, was sie mit diesem Ja eigentlich sagen wollte.

Der fremde Mann schien es als Zeichen zu werten, dass sie sich bereit fühlte für seine Liebkosungen. Mit seinem linken Arm, der um ihre Taille lag, zog er sie dichter an sich. Mit der anderen Hand strich er ihr sanft übers Gesicht. Seine Finger waren leicht und spielerisch in ihren Bewegungen, sie glitten an ihrer Nase entlang und danach prüfend zu ihrem Mund, zeichneten ihre Lippen nach.

Sie schloss die Augen und hob das Gesicht. Die Lippen des fremden Mannes senkten sich auf ihre, berührten sie erst leicht, beinahe flüchtig, so als schreckten sie davor zurück, sich an etwas hinzugeben, was sie nicht kannten. Doch dann wurden sie unerwartet heftig. Mit einem saugenden Geräusch griffen sie nach den weichen Blüten, die sich ihm bereitwillig öffneten, umfassten sie, vergruben sich in ihnen. Sie antwortete zuerst zaghaft und dann immer entschlossener. Die Unruhe, die ihr so zu schaffen gemacht hatte, wich ihrer Erregung. Zwischen ihren Zähnen fühlte sie seine Zunge, die sich hart und fast rücksichtslos in ihre Mundhöhle drängte.

Diese Grobheit gefiel ihr, denn sie gab ihr das Gefühl, wie eine richtige Frau behandelt zu werden und nicht wie ein junges Mädchen, dem sein Liebhaber rücksichtsvoll das ganze Repertoire seiner sexuellen Künste vorenthält. Dieser Mann würde ihr geben, was er zu geben hatte – und sie wusste bereits, es würde nicht wenig sein.

Seine Finger hatten ihre Kehle erreicht und zeichneten langsam Kreise auf ihrer warmen, leicht pulsierenden Haut, ehe sie ihren Weg nach unten fortsetzten und schon bald den Ausschnitt ihres Kleides erreicht hatten. Sie noch immer küssend, streifte er ihr mit einer raschen Bewegung das Kleid von den Schultern. Sie trug nichts darunter.

Seine Hände legten sich um ihre großen Brüste, die sich seinen Liebkosungen entgegenstreckten. Sacht rieb er an ihren Knospen, ließ dann von ihnen ab und zog mit dem Fingernagel eine schneidende Spur den Bauch hinab. Sie keuchte leise.

Das Kleid fiel vollends zu Boden in dem Augenblick, da sich die flinken Hände des Mannes mit gelassener Selbstverständlichkeit in ihren Slip schoben und sich fest zwischen ihre Beine pressten. Er bewegte sie leicht, so lange, bis er spürte, dass sich ihr Körper in Zuckungen zusammenzog. »Fühlst du dich gut?«, fragte er beinahe sachlich.

Und sie, die sich unerwartet von dem schmerzenden Druck seiner Lippen befreit sah, antwortete ein wenig mühsam: »Ja ... ja ... wahnsinnig gut!«

Tatsächlich hatte sie den Eindruck, kurz vor einer gewaltigen Explosion zu stehen. Wenn er jetzt nicht gleich, *sofort* in sie kam, würde sie rasend werden. Ihr schweißgebadetes Gesicht an seinen Hals drückend, warf sie ihm einen flehenden Blick zu. Dieser Mann, dieser verrückte fremde Mann, dessen Namen sie nicht einmal wusste, beherrschte ihren Körper mit einer Vollkommenheit, die sie erschütterte.

Er lag nun auf ihr und spielte wieder das raffinierte Spiel mit seiner Zunge, seine Hände badeten in der Nässe, die zwischen ihren Schenkeln quoll.

Als er endlich in sie hineinstieß, schrie sie auf. Sie schrie vor Leidenschaft, weil die Erlösung nahte. Und sie schrie vor Glück, weil sie nie zuvor so genommen worden war wie von diesem Fremden. Sie schrie ihre Lust in seine Ohren, und ihre Schreie und sein Echo vermengten sich. Es war ihr, als würde die ganze Welt von ihrer Lust und ihrer Hitze erfüllt.

Sie gaben sich nicht die Hand, sprachen kein Wort danach. Er entfernte sich mit langsamen, gleitenden Bewegungen, so wie er gekommen war, verschwand als grauer Schatten zwischen den Bäumen.

Sie ordnete ihre Kleider und das Haar. Dann stand auch sie auf und ging zurück.

Die köstliche Süße der Macht

Manchmal laufe ich durch die Nacht. Allein. Der milchige Glanz der Großstadt deutet mir den Weg, dahin, wo das Leben wartet, pulsierende Lust, verklebte Leidenschaft, zu viel Wein und noch mehr Tränen. Falsches Lachen, viel zu laut, dringt durch die Läden der Lokale, ab und an ein Betrunkener, der mir entgegentaumelt.

Mädchen stehen verloren am Straßenrand. Ein falsches Lächeln auf das übermüdete Gesicht gemalt: »Na, mein Süßer …?« Eine ältere Dirne wankt auf ihren zwölf Zentimeter hohen Absätzen, blickt sehnsüchtig nach oben, an dem schäbigen Haus empor zu dem hell erleuchteten Fenster, wo der Lude sitzt, jung und schön und gar nicht müde.

»Darf ich hochkommen und eine Tasse Kaffee trinken?«, bittet die grell geschminkte Hure, die gut seine Mutter sein könnte. Er grinst in seinen zaghaften Schnurrbart, kostet lüstern seine Macht aus. »Ausnahmsweise.« Sie trippelt dankbar, den Blick gesenkt, der Tür entgegen. Falsche Hoffnung, tot geborene Illusionen.

Ein Peterwagen fährt scharf an mir vorbei, milchgesichtige Beamte mustern mich kritisch. »Schon wieder so 'ne Tunte.« Ich grinse unter meinem falschen, angeklebten Schnurrbart. Voll daneben, mein Kleiner, aber das wirst du später auch mal begreifen.

Ein Bettler läuft auf mich zu: »Eh Kumpel, hast du nicht mal 'nen Euro?« Ich gebe ihm zwei und bin glücklich. Er hat mich »Kumpel« genannt. Ich bin ein Mann!

Es ist anders, als Mann durch die Städte, die Nacht, das Leben zu gehen. Diese köstliche Süße der allgegenwärtigen Macht ...

Noch zwei Straßen und um zwei Häuserblocks, dann stehe ich vor der Bar. »Happy hours« heißt sie, und so ist auch das Ambiente. »Herzilein« dröhnt es scheppernd laut aus dem alten Musikautomaten. Rote Plastiklampen auf lila lackierten Holztischen. Bester Kitsch. Die Mädchen sind zu alt oder zu dick, aber ich komme trotzdem immer wieder hier her, weil hier das dunkelste Licht ist. Keine Chance für die ewig Angetrunkenen, mich als eine der Ihren, als Frau, zu erkennen. Mein Schnurrbart täuscht perfekt, die Größe stimmt, und mein Auftreten ist sicher und gekonnt, weil lange studiert. Ich suche mir ein Mädchen aus, eine mit weit übermalten roten Kirschlippen, Minikleid und Netzstrümpfen, eine, die kaum noch die Augenlider heben kann, weil es inzwischen schon vier Uhr morgens ist und sie eigentlich nur noch in ihrem Bett liegen will.

Aber jetzt bin ich da und genieße die demütig bittenden Augen der anderen Bardamen. Ich könnte sie alle haben. Unglaublich, wie sie ihre Münder öffnen, die Lippen blitzschnell befeuchten, sich so in Pose setzen, dass ihre dicken Brüste bestens zur Geltung kommen. Aber ich habe meine Wahl bereits getroffen, knalle nach Gangstermanier einige große Scheine auf den Tisch, packe die halb Schlafende, die kaum weiß, wie ihr geschieht, am Arm und zerre sie ins nächste Separee. Sie lächelt gezwungen, zupft an ihrem Dekolletee, öffnet die Augen, streckt ihre Hand nach mir aus. »Lass das«, fauche ich sie an, »du machst gar nichts, sondern drehst dich zur Wand. Na los, mach schon!«

Eine Sekunde des Zweifels, eine halbe Sekunde des

Aufbegehrens. Ein Perverser, oder was? Nicht jetzt noch, zu dieser Stunde, gütiger Gott, ich will nach Hause in mein Bett, und überhaupt. Aber was soll's, denkt sie wohl, mit dem Blick zur Wand kann ich vielleicht genauso gut die Augen schließen …

Sie dreht sich gehorsam zur Wand. Die Musik dringt verzerrt durch die schweren, verblichenen Samtvorhänge: »Ich hab geträumt von dir.« Mit meiner Hand fahre ich unter den Rock ihres Kleides. Sie stöhnt auf … Verschwitztes Fleisch, ausgedehnt von zu langem Sitzen und zu langem Warten. Ungeduldig fahre ich unter den Rand ihres Spitzenhöschens, ihre Hinterbacken hinunter und spreize sie weit auseinander. Ihr Kopf zuckt. »Halt's Maul«, fahre ich sie an, und sie gehorcht. Mit meinem Arm zwinge ich sie, sich emporzuheben, so, dass ich gut zwischen ihren Hinterbacken entlang nach vorne greifen kann. Ihre Spalte fühlt sich heiß und feucht an, als sich zwei meiner Finger weit nach vorne zu ihren kleinen Schamlippen schlängeln. Zarte Lippen, die sich wie von selbst auseinander biegen. Der Duft lang verhaltener Lust steigt zu mir empor und erfüllt das stickige Separee. Die schwere Süße einer überreifen Frucht.

Ich atme tief durch, lasse meine Finger im zärtlichen und wohldosierten Takt auf ihrem Kitzler kreisen, so lange, bis ihre Bewegungen unkontrollierter werden, ihr schwerer Hintern auf meinem Arm auf und ab wippt, ihr Kopf schwer gegen die Wand schlägt. Ihr Atem geht schnell, ich weiß genau, was sie jetzt fühlt, ich weiß sehr genau, was sie jetzt will, sie steht kurz davor, vor dem Tor in eine kurze Ewigkeit, dem Tor zur sündigen Verheißung, es sind nur noch wenige Bewegungen …

Ein Strom wilden, tiefen Lustnektars läuft über meine Finger. Ihr Kitzler treibt meinen Händen entgegen, bittend, klagend, fordernd, um Erlösung heischend, als ich meinen Rhythmus verlangsame. Ich verlangsame meine Bewegungen noch mehr, genieße ihr Betteln, ihren stummen Schrei, ihr körperliches Flehen, ihre vollkommene Hingabe an meine Hände, meinen Willen, meine Macht. Alles, beinahe alles würde sie mir jetzt geben, wenn ich nur weitermachen würde und das Versprechen erfüllte. Ich sehe, wie ihre Hände sich ineinander verkrampfen, als ich langsam meinen Arm unter ihrem Hintern hervorziehe. »Oh, du Sadist«, presst sie gequält aus ihren übermalten Lippen hervor, »du schrecklicher, gemeiner Sadist!«

Die Macht schmeckt süß und schwer, sättigt und macht müde. Es ist anstrengend, ein Mann zu sein und so viel Macht zu haben.

Ein Dutzend gierige weibliche Augenpaare verfolgen mich, als ich durch die Bar zum Ausgang gehe. Sie haben das Stöhnen ihrer Kollegin wohl gehört, und ihre Beine sind deutlich gespreizter als vorher, und ihre Münder sind noch weiter geöffnet. Das nächste Mal, vielleicht, lächle ich verheißungsvoll in die parfümierte Runde. »... heißer Sand und ein verlorenes Land ...« dröhnt es mir aus der Musikbox hinterher. Ich atme gierig die kalte, klare Nachtluft ein und laufe hastigen Schrittes nach Hause.

Blondes Gift

Gegen Abend werde ich meist unruhig. Ich laufe in der Wohnung auf und ab, von einem Fenster zum nächsten. Zwinge mich zurück in die Küche, schaue in die Töpfe: Noch nichts angebrannt? Dann ein abermaliger verstohlener Blick zur Uhr: Jetzt müsste er doch endlich … Unsinn, es ist ja Hauptverkehrszeit. Dann wieder zu einem der Fenster – nichts. Zum nächsten – wieder nichts. Blick auf die Uhr. Nur eine Minute ist vergangen. Also noch einmal in die Küche. Wenn es später werden würde, riefe er doch an. Oder? Doch ja, ganz bestimmt. Oder ist das Telefon etwa defekt? Voller Hoffnung auf eine mögliche Erklärung hebe ich den Hörer, lausche. Das Freizeichen. Schnell wieder auflegen, vielleicht versucht er mich gerade zu erreichen!

Da, eine Wagentür! Zum Fenster – aber so, dass er dich nicht sieht. Wie wirkt das denn auf ihn: Als hättest du nichts anderes getan, als hier auf ihn gewartet! Das stimmt zwar, doch erfahren soll er es tunlichst nicht.

Aber Fehlanzeige – es war das Auto des Nachbarn.

Meine Unruhe wächst von Sekunde zu Sekunde. Er hätte doch schon vor zwei Minuten hier sein müssen! Wie ein gefangener Tiger laufe ich vom Bad (Sitzt das Makeup noch?) zur Küche (Ist wirklich noch nichts angebrannt?), von dort zum Fenster (Oder kommt er vielleicht gerade?) und zum Telefon (Hat es nicht gerade geklingelt?) und schließlich wieder zurück ins Badezimmer. Immerhin sechs Minuten habe ich es heute ausgehalten ohne Eifersucht. Aber jetzt hilft kein Hinweis mehr auf den Verkehr oder seine Überlastung im Büro. Es steht für mich fest: Er ist bei einer anderen!

Meine Eifersucht macht mich verrückt. Und leider nicht nur mich. Am meisten leidet wohl Rolf, mein Mann, darunter. Doch ich komme nicht dagegen an. Zumindest nicht nach sechs Minuten Warten.

Zur Eifersucht kommt schnell die Wut, und in sie mischt sich Bitterkeit: Er amüsiert sich mit einem blonden Gift – sie muss einfach blond sein, denn ich bin dunkel –, während ich hier warte, zwischen dampfenden Töpfen und Bügelwäsche. Das Selbstmitleid geht schließlich in Hass über: Ich werde es ihm heimzahlen, ganz bestimmt!

Ein Wagen hält vor dem Haus – und diesmal ist es tatsächlich seiner. Schritte auf der Treppe, und dann steht er da: lächelnd und mit einem wunderschönen Strauß roter Rosen in den Händen. Oh, wie ich ihn liebe! Und wie ich mich schäme!

Er genießt das Essen, hält meine Hand dabei, streichelt die Innenfläche, sieht mich an mit diesem zärtlichen Blick. Wir lassen den Rest des Essens auf dem Tisch zurück, küssen uns, während wir ins Schlafzimmer laufen.

Dann liegen wir im Bett und streicheln uns. Nie habe ich einen Mann erlebt, der zärtlicher ist als er. Wie ausdauernd er ist, wie hingebungsvoll in jeder seiner Bewegungen. Ich will diesen Mann nie verlieren, denke ich, als er nach lustvollen Ewigkeiten in mich eindringt, niemals! Er ist mein Mann, er gehört mir ganz allein …

Urplötzlich verwandelt sich die Umgebung. Der Raum wird kalt, ungemütlich und düster. Er schiebt mich weg, barsch und grob. Sein Blick hat sich verändert. Ein kalter

Blick streift geringschätzig meinen nackten Körper. Jede Vertrautheit zwischen uns ist verflogen.

Er verlangt, dass ich aufstehe. Das Zimmer erstrahlt in grellem Licht. Ich fühle mich schutzlos, hilflos und klein und sehr, sehr verletzlich. Doch das interessiert ihn nicht. Er sieht mich nicht einmal an. Stattdessen blickt er zur Tür und lächelt.

Und dann betritt *sie* den Raum. Sie ist braun gebrannt, schön und groß und hat langes, lockiges blondes Haar. Ich fühle mich mit einemmal hässlich, klein und nichts sagend. Am liebsten würde ich mich davonschleichen. Doch ihre kühle Erscheinung hält mich zurück, zieht mich völlig in ihren Bann, erregt mich unermesslich.

Langsam schreitet sie durch den Raum. Ihre Bewegungen sind weich und fließend und doch voller Bestimmtheit. Diese Frau ist Erotik pur, personifizierter Sex, die Versuchung schlechthin.

Von einer Ecke des Zimmers aus beobachte ich, wie sie sich dem Bett nähert. Sie beugt sich über ihn, öffnet ihren sinnlichen Mund und küsst ihn mit einer Leidenschaft, die ich trotz der Entfernung mit meinem eigenen Körper spüre. Ihre Hand schiebt sich über seinen Bauch, seine Brust und seine Schultern. Willenlos und mit glücklich verklärtem Lächeln lässt er es geschehen.

Ich sehe zu, wie der Mann, der doch mir gehört, einer anderen gibt, was doch mir allein vorbehalten sein sollte. Ich hasse ihn dafür, genieße aber doch meine Hilflosigkeit in diesem Augenblick und sauge jedes Detail gierig in mich auf.

Sie besteigt ihn mit unergründlichem Gesicht, beginnt ihn zu reiten. Ich sehe, wie er die Augen schließt und sein Gesicht sich vor Wollust verzerrt. Im höchsten Moment der Lust schreit er auf, reißt die schöne Blonde an sich, stöhnt: »Du, du, du allein!« Und ich merke, wie auch mich, klein und hässlich in der Ecke verborgen, seine Ekstase mitreißt, wie ich eine unbändige Lust erlebe, losgerissen von allen Schranken und Grenzen …

Ich öffne die Augen. Sein Kopf liegt auf meiner Schulter. Unsere Körper sind verschwitzt, miteinander verschlungen. Er hebt den Kopf und blickt mich aus warmen, verliebten Augen an. »Du kleine Wilde«, sagt er.

Er meint mich damit. Keine schöne Blonde ist hier, wir sind allein: ich und er und unsere Leidenschaft.

Und so wird es bleiben. Dafür sorge ich schon …

Masken im Nebel

Immer wieder im Februar nehme ich Urlaub, lächle ich verschwiegen und geheimnisvoll in die Kolleginnenrunde, wenn ich nach meinem Urlaubsziel gefragt werde. Vier Tage und drei Nächte im Februar, die gehören mir allein. Mir und meiner Lust und meiner Leidenschaft.

Anfangs bin ich mit dem Flugzeug geflogen, war nach knapp zwei Stunden da und merkte bald, dass mir das zu schnell ging. Ich wollte das Warten länger auskosten, die Vorbereitung, das langsame Eintauchen in diese fremde Welt mit ihren fremden Gesetzen.

Fremdes Land. Italien. Venedig. Karneval in Venedig. Vier Tage und drei Nächte ist die Stadt der Kanäle und Gondeln weit mehr als eine Stadt für Verliebte, weit mehr als eine Stätte mittelalterlicher Sehenswürdigkeiten für Touristen.

Venedig im Februar, zum Karneval, das ist eine Zeit wilder Lust und flüchtiger Leidenschaft. Meine Zeit.

Die Maske, die ich dieses Jahr tragen werde, ist weiß, ein komisch-trauriges Gesicht, mit sehr roten Lippen und kleinen Augenschlitzen, durch die ich gerade so viel sehen kann, dass ich nicht über den Bordsteinrand ins Wasser treten werde. Unter dem roten Seidengewand, das innen mit zwei Schichten Baumwolle ausstaffiert wurde, trage ich nichts außer den halterlosen Strümpfen und einer Büstenhebe, die richtig zur Geltung bringt, was sonst allzuleicht unbemerkt bleiben könnte.

Venedig.

Nach einer Nacht und einem Vormittag im Zug endlich wieder da. Ich überquere den Markusplatz, laufe am Dogenpalast vorbei weiter zur Piazetta, mit einer Gondel fahre ich über den Canal Grande zur Villa Riis, meinem geliebten Hotel. Schon ist das Kribbeln wieder da, Spannung liegt in der Luft. Ich werfe einen faszinierenden Blick in jedes männliche Augenpaar, heute Morgen noch unmaskiert, heute Nacht verborgen. Vielleicht gehören diese Augen genau dem, der ...

Die Portiersfrau grüßt mich herzlich, sie kennt mich schon aus den Jahren zuvor. »Ihr Zimmer ist bereit, Signora.« Ich danke, laufe mit meiner Tasche und dem Schlüssel schnell die Treppe hinauf, zum ersten Stock. Noch gute acht Stunden Zeit, bis das wilde Treiben auf den Straßen beginnt. Ich ziehe die Vorhänge zu, lege mich aufs Bett. Etwas Schlaf wird mir gut tun vor der langen, langen Nacht ...

Ich bin eine andere, nicht nur wegen der Maske, hinter der ich meine gewohnte Existenz verberge. Hier und jetzt bin ich nur noch Frau und Lust, Begierde und Leidenschaft. Aufgeregt und doch gemäßigten Schrittes laufe ich zum nächsten Anleger, nehme eine Gondel zum Markusplatz. Schon von weitem höre ich die Trommeln schlagen und das Klirren der unzähligen Glocken und Ketten. Mein Venedig, ich komme. Tausende von tanzenden Masken wiegen sich im Takt der Trommeln und Flöten, Masken kommen auf mich zu, mal lachende, mal weinende, mal komisch-traurige, so, wie ich selbst. Es ist nicht mehr auszumachen, wer Mann und wer Frau ist. Umarmungen, Tanz und Nähe, der Alkohol, von einem der unzähligen Stände dargeboten, löst letzte Hemmungen und lässt die Erinnerung an Deutschland, an meine Existenz als brave Sekretärin endgültig im gnädigen Nebel Venedigs versinken. Um Mitternacht habe ich jede Orientierung verloren. Ich schwebe durch Masken und Gewänder, küsse hier, tanze dort, Hände greifen nach mir, ich lasse es willig geschehen, laufe lachend hinter einem Maskierten im leuchtend grünen Gewand her, der mich in eine kleine Seitengasse lockt. Der fahle Glanz einiger Sterne lässt einen Türbogen erkennen. Seine Hände sind flink und finden schnell ihren Weg unter mein Gewand. Stoff wird hastig zur Seite gerafft. Ich stehe gebeugt, mit der Maske gegen eine Holztür gepresst, derweil sein eisenharter Schwanz tief und sicher in mich dringt. Unzählige Male stößt er in mich, die Glocken an seinem Gewand unterstreichen den Rhythmus seiner Bewegungen. Von weit her höre ich das Schlagen der Trommeln; der Schweiß der Lust läuft unter meiner Maske über meine Wangen. Er presst mich hart an sich, als er mit einem letzten Stoß seinen Samen in mich drängt. Dann ein ermattetes Ineinanderversinken.

Wie zwei Kinder, die heimlich eine Zigarette geraucht haben, laufen wir lachend Hand in Hand zur Piazza. Ich verliere ihn im Gewühl der Tausende sich ähnelnder Masken und bin glücklich. Wenig später tanze ich mit einem sehr traurigen Maskengesicht eng umschlungen zum Geigensolo eines einsamen Virtuosen, der ein wenig abseits an einem Kanal steht und einen Hut vor sich stehen hat, in den wir Lire um Lire werfen, weil wir nicht wollen, dass er aufhört zu spielen.

Im traurigen Takt finden sich unsere Körper. Er streichelt meine Brüste, und ich fahre mit meinen Händen unter sein Gewand, bis ich sein aufgerichtetes Glied spüre. Faszinierender Widerspruch: die schaurig-traurige Maske und hinter ihr geballte Lust. Wir tanzen in einen kleinen Hauseingang, er drückt meinen Kopf herunter, bis ich vor ihm knie. Ich krieche unter sein Kostüm und nehme sein hartes Glied in den Mund. Er stöhnt, keucht, drängt mir seinen Körper entgegen, zuckt. Ich trinke sein Sperma, stelle mir vor, wie es sich mit dem Punsch, dem Wein und dem Speichel des ersten Fremden vermischt, und habe ein glückliches, warmes Gefühl im Bauch. Er ist Kavalier, besteht darauf, nun seinerseits unter mein Gewand zu kriechen. Seine Zunge vollbringt ein Feuerwerk treffsicherer Schläge.

Schwindelnd von erfüllter Lust und zu viel Alkohol wanke ich gegen Morgen zur Gondel und bitte um eine Fahrt zu meinem Hotel. Der Gondoliere grinst vielsagend und lässt beim Aussteigen ganz offen seine Hände um meine Brüste kreisen. Andere Länder, andere Sitten. Ich lächle nachsichtig unter meiner Maske. Süß und traumlos sinke ich in einen tiefen Schlaf. Ich brauche Erholung, denn am nächsten Abend geht's weiter, und die folgenden zwei Nächte stehen der ersten in nichts nach.

»Du siehst so erholt aus«, sagen die Kolleginnen, während ich pünktlich und gewissenhaft den ersten Bogen in die Maschine spanne. »Gib es zu, du warst auf einer Schönheitsfarm.« Ich gebe es zu und bitte um Verschwiegenheit. »Du machst es richtig«, seufzen sie, »bist dem ganzen Karnevalsrummel entflohen, nächstes Jahr machen wir es auch so.« »Gut«, sage ich und tippe lächelnd den ersten Satz.

Zungen

Manchmal stelle ich mir vor, ich laufe durch einen dichten Wald. Es ist früher Abend. Vereinzelte Sonnenstrahlen durchbrechen das Laubdach und erhellen das Dickicht. Vögel zwitschern.

Ich bin allein, genieße die Ruhe und die Einsamkeit des Waldes.

Plötzlich aber taucht vor mir eine Gestalt auf. Langsam, keineswegs bedrohlich und doch sehr bestimmt, kommt sie Schritt für Schritt auf mich zu.

Mir wird Angst. Ich überlege, ob ich weglaufen soll, und drehe mich um. Doch auch von dort kommt eine Gestalt auf mich zu, ebenso von rechts und von links.

Schließlich bleibe ich stehen, äußerlich ruhig und doch in banger Erwartung dessen, was nun kommen wird.

Die vier Gestalten haben mich erreicht und bilden einen Kreis um mich. Ihre Mienen sind ausdruckslos, doch freundlich. Es sind geschlechtslose Gesichter. Sie führen mich – ohne Gewalt, aber sehr zielstrebig – in die Nähe des nächsten großen Baumes, einer alten Eiche.

Eine der Gestalten hält meinen Arm fest, eine zweite bedeckt meine Augen und meinen Mund mit den Händen, während die anderen mich sorgsam entkleiden. Langsam und mit Bedacht streifen sie Schuhe, Strümpfe, Bluse, Rock, Unterkleid, den BH und schließlich den Slip von meinem Körper. All dies geschieht lautlos, ganz ohne Hast, mit weichen und doch sicheren Bewegungen.

Vollkommen nackt geleiten sie mich dann in ihrer Mitte an den Stamm der Eiche vor uns.

Meine Arme werden nach hinten gebogen und gebunden, dasselbe geschieht mit meinen Beinen, die dabei leicht gespreizt werden. Sie binden mich so, dass ich mich kaum bewegen kann, aber doch ohne Schmerzen bleibe. Die Gestalten sehen mich an, blicken mir direkt in die Augen, noch immer ausdruckslos, noch immer ohne bedrohlich zu wirken. Meine Angst verfliegt, obgleich ich ihnen nun völlig ausgeliefert bin.

Eine Gestalt legt mir eine Augenbinde an. Auch dies geschieht ohne Hast und ohne Gewalt. Um mich herum herrscht nun völlige Dunkelheit.

So stehe ich da. Ein kühler Wind streift meinen nackten gebundenen Körper, die Vögel zwitschern noch immer, und irgendwo in meiner Nähe befinden sich diese vier Gestalten, die ich nicht mehr sehen, nicht hören, nur erahnen kann.

Minutenlang stehe ich einfach so da, ohne dass etwas geschieht. Ich überlege schon, ob sie mich hier vielleicht allein zurückgelassen haben.

Dann aber spüre ich plötzlich eine Zunge, die sanft die Innenseite meines Schenkels liebkost. Dann eine andere, nicht minder zärtlich, an meinem Hals, noch eine, die meine Brüste bespielt, die vierte schließlich an meinen nackten Füßen. Feucht und mit sanftem Druck gleiten sie über meinen Körper, über den Hals zu den Achselhöhlen, von den Ansätzen der Brüste bis zu den Knospen, von den Schenkeln bis zu meiner Scham, von den Zehen hin zu meinen Kniekehlen.

Zungen, nur noch Zungen, überall, zärtlich leckend. Mein Körper vibriert unter ihnen, ich winde mich unruhig. Bitte fester, möchte ich flehen zu jener Zunge, die meine Schamlippen längst erreicht hat und in unbeirrbarer Ruhe und Sanftheit nun zu meinem Kitzler vordringt – doch ich habe keine Stimme.

Mein Rücken reibt sich wund an der rauen Rinde der alten Eiche, während dieses ungeheure Zungenspiel mit nie nachlassender Intensität fortgesetzt wird. Ich ertrage ihn nicht mehr, diesen gleichmäßigen feuchtwarmen Reiz an den empfindlichsten Stellen meines Körpers, den Brüsten, Schenkeln, dem Kitzler und meinem Hals.

Dann zucken Blitze vor meinen verbundenen Augen, mein Körper schlägt wild und unkontrolliert gegen die Rinde des Stammes, die Erde unter mir scheint zu beben, mein Körper ergibt sich, drängt sich den Zungen entgegen in vollkommener Hingabe. Ströme der Lust und Erlösung durchfluten mich. Nervenzellen zucken, beben, beruhigen sich wieder gesättigt.

Plötzlich sind die Blitze verschwunden, ist die Erde unter mir wieder verlässlicher, fester Grund geworden.

Meine Fesseln werden gelöst, Stück um Stück werde ich wieder angekleidet, langsam, ohne Hast, sorgfältig. Dann wird die Augenbinde abgenommen.

Die Sonne ist inzwischen ganz untergegangen, der Gesang der Vögel verstummt.

Ich blicke mich um. Die Gestalten sind verschwunden, ich bin allein in der Einsamkeit des Waldes.

Schwarze Diamanten

Es war einer jener Abende, an denen ich mich eigentlich am liebsten in mein Bett verzogen hätte: Decke über den Kopf und Ruhe.

Aber es war Theaterabend, und die moralische Verpflichtung meinem Abo und meiner Freundin gegenüber wog schwerer als mein Wunsch nach Ruhe und Entspannung.

Wenn ich ins Theater gehe, dann mit Stil. Nichts ist mir suspekter als die Unsitte, mit Jeans und Sandaletten unser prunkvolles altes Renaissance-Theater zu entweihen. Wennschon, dennschon: Abendgarderobe vom Feinsten – im Rahmen meiner Möglichkeiten, versteht sich.

Die Türglocke. Eine aufgeregte Stimme: »Komm schon, sonst verpassen wir noch den ersten Akt.« Meine Freundin. Ein letzter wehmütiger Blick in meine gemütliche, einladende Wohnung und ein leises Seufzen: »Na gut.«

Es würde, das schien gewiss, einer dieser typischen Theaterabende werden: Gelangweilt würde ich auf meinem Platz im hinteren Parkett sitzen und krampfhaft bemüht sein, den Dialogen zu folgen.

Wir kamen tatsächlich zu spät. Es war das erste Mal, und meine Freundin konnte endlich einmal mit gutem Grund ein langes Donnerwetter wegen meiner Unpünktlichkeit loslassen.

Wir wollten uns gerade so leise wie eben möglich durch den Hintereingang hineinschleichen, als uns die Platzanweiserin aufhielt. »Ihre Karten bitte, meine verehrten Damen.«

Sie betrachtete sie lange und skeptisch, dann erhellte sich ihr Gesicht. »Aber hier sind Sie ganz falsch, meine Damen. Oben auf der Empore ist die mittlere Loge für Sie reserviert.« Fragender Blickwechsel zwischen meiner Freundin und mir. Dann Achselzucken. »Sicher eine Verwechslung«, sagte meine Freundin standhaft. »Wir haben Abonnementkarten. Parkett, siebenundzwanzigste Reihe.«

»Eine Verwechslung ist nicht möglich«, erklärte uns die Dame eifrig. Solch ein gravierender Irrtum sei ihr in ihrer langjährigen Tätigkeit schließlich noch nie unterlaufen. »Also, wenn ich Sie zur Loge begleiten darf, meine sehr verehrten Damen ...«

Wir ergaben uns achselzuckend, aber bereitwillig in unser gnädiges Schicksal.

Der gute Logenplatz entschädigte uns wenigstens teilweise für das Stück, das an diesem Abend gespielt wurde. Es war noch langweiliger als befürchte!

Umso interessanter war der Blick von unserem unverdienten Ehrenplatz auf die ordinären Theaterbesucher unter uns. Genervte, tapfer gegen den Schlaf ankämpfende, vereinzelt aber auch hochinteressierte Gesichter, glatte und gelockte Köpfe, echte Zöpfe und falsche Perücken und eine schillernde Palette mehr oder weniger geschmackvoller Abendkleider.

Fasziniert verlor ich mich in der Betrachtung des Publikums, bis mich unvermittelt ein Räuspern aufschreckte. Ich wandte mich zu meiner Freundin um – doch deren Platz war leer. Irritiert blickte ich in der Loge umher und bemerkte plötzlich einen schwarz gekleideten Mann, der hinter mir stand und mich betrachtete.

Ich studierte sein vollkommenes, ebenmäßiges Gesicht, das trotz oder vielleicht gerade wegen seines kahlen Schädels schön war. Mit einemmal sah ich in diesem schönen Gesicht anstelle der Augen zwei schwarze Diamanten funkeln. Diese pechschwarzen Kristalle ohne Pupillen, welche die gesamte Augenhöhle ausfüllten, strahlten mit einem solchen Glanz, dass man nicht hineinschauen konnte, ohne einen Schmerz zu verspüren, so als würde man in eine unbekannte Sonne blicken.

Ich hatte Mühe, einen Schrei zu unterdrücken, so sehr erfüllte mich dieser Anblick mit Schrecken.

Der Mann trat auf mich zu und befahl mir, vor ihm niederzuknien. Offenbar zeigte ich mich nicht demütig genug, denn er packte mich an den Haaren und zwang mich, bewegungslos vor ihm zu verharren.

Obwohl ich die Augen geschlossen hielt, sah ich ständig dieses leichenhafte Gesicht vor mir, dessen Augenhöhlen von schwarzen Diamanten ausgefüllt waren.

Der Mann ergriff meinen Arm, zog mich hoch und führte mich aus dem Theater hinaus und in ein älteres Haus in der Nähe.

Ich hatte alles vergessen – meine Freundin, das Theater, die Welt und mich selbst.

Er öffnete eine Tür im ersten Stock des Hauses und stieß mich in einen hell erleuchteten Raum. Dort trat er auf mich zu, riss mir mein Abendkleid vom Leib und stieß mich durch das Zimmer zur gegenüberliegenden Wand, wo er meine Hände an einem in die Mauer eingelassenen Ring befestigte. Ich stöhnte vor Angst und Entsetzen. Ich fürchtete diesen übernatürlichen Anblick ebenso wie das, was sich ankündigte.

Der erste Peitschenhieb traf meine Brüste mit voller Kraft, und ich wand mich vor Schmerz. Weitere Hiebe folgten. Ich bäumte mich auf und gab meinen Leib unfreiwillig den heftiger werdenden Schlägen immer mehr preis.

Bald kam der Moment, da der Schmerz mich empfindungslos machte. Ich litt nicht mehr, Hitze breitete sich in mir aus. Ich drängte mich selbst den Schlägen entgegen und sehnte sie herbei. Ich leistete Widerstand, flehte meinen Peiniger an, dass er aufhören möge – und wünschte mir doch inständig, dass er noch fester zuschlagen möge.

Ich hörte den Mann lachen und spürte seine Hände auf meinen wunden Hinterbacken. Er drückte sie auseinander – und dann riss er mich auf. Ein ungeheurer Schmerz durchdrang meinen Körper.

Der Schmerz aber steigerte noch meine Wonnen – so lange, bis mich Lust und Schmerz in eine sanfte Ohnmacht gleiten ließen.

Als ich wieder erwachte, lag ich in meinem Bett. Die Vertrautheit meiner Wohnung erschreckte mich mehr als die Erinnerung an das, was geschehen war, und der Schmerz, den ich spürte.

An meinem Bett saß meine Freundin mit besorgter Miene. Über der Stuhllehne lag mein schwarzes Abendkleid. Ich widerstand dem drängenden Wunsch nachzusehen, ob das Kleid zerrissen war.

»Was ist denn geschehen?«, fragte meine Freundin. »Plötzlich bist du umgefallen. Du bist wirklich überarbeitet.«

»Ja, sicher«, stimmte ich ihr zu.

»Ruh dich aus«, sagte sie sanft, beugte sich über mich und sah mich an – lächelnd.

Und ich versank in dem Glitzern der schwarzen Diamanten, die anstelle der Pupillen tief in den Augenhöhlen lagen.

Das Opferfest

Das Mädchen wehrt sich, schreit, schlägt mit den Armen wild um sich.

»Sei ruhig, Kind«, weist sie mit sanfter Stimme eine alte Frau zurecht. »Wenn die hohen Herren es beschlossen haben, kannst du es nicht verhindern.«

»Nein«, schreit das Mädchen mit vor Entsetzen weit aufgerissenen Augen. »Ich will nicht geopfert werden! Nicht für Menschen, nicht für die Natur und auch nicht für die Götter der Lüste und der Fruchtbarkeit. Nein! Warum gerade ich?«

»Dir wird die größte Ehre zuteil, du törichtes Ding«, zetert die Alte. »Jede andere wäre stolz. Und nun lass dich herrichten!«

Von den alten Weibern der Sippe, die sich hier um sie versammelt haben, wird das Mädchen kritisch gemustert. Ihre kleinen, hochragenden Brüste werden mit abschätzendem Blick in den Händen gewogen. Das Schamhaar wird gekämmt. Die Älteste reibt den jungen Körper mit einer süßlich duftenden Essenz ein. »Unser Opfer ist wunderschön«, flüstert sie den anderen Weibern zu. Und an das Mädchen gewandt, kichert sie verschwörerisch: »Die Götter werden zufrieden sein. Wir brauchen Nachkommen. So viele Krieger sind gefallen, du verstehst?«

Nein, das Mädchen versteht nicht. Sie will nicht verstehen, will nicht begreifen, dass sie geopfert werden soll – dass sie ihre Unschuld opfern soll, ihre Aussicht auf ein glückliches Leben als die Frau eines Mannes, als Mutter. Denn dieses wird ihr für immer verwehrt sein: Ein der Gottheit geweihter Körper darf niemals wieder von einem Sterblichen berührt werden.

Das Opferfest für die Götter der Fruchtbarkeit wird jedes Jahr gefeiert, noch vor dem Erntefest. Und in jedem Jahr wählt der Rat der weisen Herren des Stammes unter Hunderten von Stammestöchtern das schönste aller Mädchen aus, um es den Göttern zu opfern.

Nicht das Leben dieses Mädchens wird gegeben, sondern nur ihr Leib, ihre Unschuld. Drei Tage und drei Nächte lang wird sie auf einem Berg oberhalb des Dorfes den Göttern dargeboten. Der Berg, umgeben von einem Wassergraben voller Schlingpflanzen und Krokodile, ragt hoch in den Himmel – bis nahe zu den Göttern, heißt es. Jeder zeugungsfähige Mann des Stammes, dem es gelingt, den Berg zu erklimmen, gilt als Vollstrecker des Wunsches der Götter. Er darf das Opfer in deren Namen annehmen.

In manchem Jahr hat es kein einziger Mann geschafft, den Gipfel des Berges zu erreichen. Manchmal schafften es zwei oder drei Männer, manchmal viele mehr.

Die junge Frau hält die Hände vor ihren nackten Schoß – ein letzter hilfloser Versuch, sich ihrer Bestimmung zu verweigern. Dann wird sie von den Alten zum Festplatz hinausgeführt. Ein Trommelwirbel setzt ein, wirrer Gesang ertönt. Brennende Fackeln säumen den Platz und den Pfad hinauf zum Berg. Ein schwerer Duft liegt über der Festgemeinde.

Dann verstummen die Trommeln, der Gesang bricht ab, und das schöne Opfer wird vor den Rat der Weisen gebracht. Der Älteste betrachtet ihren bloßen Körper zufrieden, legt ihr eine Kette aus Blüten um den Hals und spricht: »O Ihr Götter, Ihr mächtigen Herrscher über die Lüste und die Fruchtbarkeit! Schenkt unserem Volk das Leben und die Zukunft. Nehmt als Zeichen unserer Demut dieses Opfer hier, unsere schönste Stammestochter, mit der Bitte um Gnade und Erfüllung unseres sehnlichsten Wunsches. Sie gehört Euch.«

Ekstatisches Geschrei ertönt, die Trommeln setzen wieder ein, die Menge tanzt. Die weisen Herren des Stammes fassen das Mädchen an den Armen und führen sie den erleuchteten Weg zum Hügel hinauf.

Als sie bei dem todbringenden Graben angekommen sind, bleiben die Weisen zurück. Nur der Älteste darf das Mädchen über die Brücke begleiten, die nur für diesen Gang über den Graben gespannt wurde und zerstört wird, sobald der Älteste zurückgekehrt sein wird.

Dann, viel zu schnell, sind sie bei der Opferstätte angekommen. »Es ist so weit«, sagt der Älteste. »Du weißt, dass es eine große Ehre ist.«

»Ja«, sagt die junge Frau, den Blick gesenkt, Trauer und Angst in den Augen. Ihr ist kalt. Ein zaghafter Blick auf das Gerüst vor ihr lässt sie erschaudern: In den steinigen Grund sind fünf Eisenpfähle versenkt, die mit schweren Ketten versehen sind. Sie möchte fliehen und weiß doch, wie aussichtslos jeder Fluchtversuch wäre. Sie kann sich nur ihrem Schicksal ergeben.

Der weise Herr ergreift die zitternde Gestalt und drückt sie auf den steinigen Boden. Die Arme und Beine des Mädchens werden an die Pfähle gekettet. Dann wird ihr eine Halsmanschette umgelegt, die mit der schwersten Kette am fünften Pfahl befestigt wird.

Der Alte beugt sich ein letztes Mal über das Mädchen, streicht ihr flüchtig eine Locke aus dem blassen Gesicht und streift ihr dann eine Kapuze aus dunklem schwerem

Stoff über den Kopf. Die Geopferte darf die Vollstrecker der Götter nicht erkennen, so will es das Gesetz.

Dann ist das Mädchen allein – allein mit der Stille, allein mit ihrer Angst. Auf dem felsigen Grund reibt sie sich den Rücken wund, ein kalter Wind streicht über ihre Brüste.

Plötzlich hört sie von weit her Männergesang, der langsam näher kommt. Die Vollstrecker der Götter, die Retter der Fruchtbarkeit – so schnell?

Sie möchte die Beine zusammenpressen, ihre Unschuld schützen. Doch jeder Versuch, sich zu bewegen, lässt sie die Ketten an ihren Knöcheln und Handgelenken nur noch schmerzhafter spüren.

Sie gibt auf, wartet. Wartet auf den ersten Retter ihres Volkes, auf ihren ersten Mann.

Sie ist hilflos ausgeliefert, aber auch voller Erwartung. Ein leiser Anflug von Stolz liegt auf ihrem Gesicht.

Der Rohrstock

Da steht er in der Ecke – schmal, dünn, nicht mal einen Meter lang.

Lächerlich, wenn man ihn objektiv betrachtet; aufregend, bedrohlich, wenn man ihn so betrachtet wie ich gerade – die Augen noch nicht ganz geöffnet nach einer viel zu kurzen Nacht. Er starrt mich an, knorpelig, vergilbt, an den Schrank gelehnt.

Kurz nach dem Erwachen kommt das Erstaunen: Wieso steht er da? Seit wann steht er da? Er, der Rohrstock – Verheißung und Bedrohung zugleich.

Denn er steht nie einfach nur so da. Wie beispielsweise die Bodenvase dort links neben dem Schrank. Er steht da als Zeichen, als Symbol, als Warnung. Aber als Warnung wovor?

Im Geist lasse ich die letzten Stunden des vergangenen Tages Revue passieren, so gut es mir eben möglich ist zu dieser frühen Stunde, mit rasenden Kopfschmerzen, verschwitzt in viel zu viele Kissen vergraben.

Langsam kommt die Erinnerung: Richtig, gestern ist mein Geburtstag gewesen. In dem vornehmen Hotel am Stadtrand aßen wir zu Abend – nicht etwa, weil es mir dort besonders gefallen hätte, sondern weil seine Eltern es so gewünscht hatten. *Seine Eltern* – das sind meine Schwiegereltern. Denn verheiratet bin ich auch, wird mir bewusst.

O mein Gott! Siedend heiß fällt mir ein, wie der Abend verlaufen ist, und die Schamröte fährt mir ins Gesicht:

Seine Mutter – also meine Schwiegermutter – hatte darauf bestanden, neben mir zu sitzen, wohl um allen Gerüchten Einhalt zu gebieten und freundliche Harmonie zu demonstrieren, wo in Wahrheit Neid und Eifersucht regierten.

Aber dann kam Regine, meine heiß geliebte Freundin aus Kindertagen. Es war nach vier Jahren unser erstes Wiedersehen, und jede Schwiegermutter und alles verwandtschaftliche Ansehen waren mir plötzlich egal. Schließlich war es *mein* Geburtstag – auch wenn Frau Schwiegermutter ihn bezahlte.

Ich setzte mich also neben Regine, wir erzählten, tranken, lachten gemeinsam. Ein toller Abend – wenn man von den mehr als deutlichen Blicken der bewussten Dame absieht. Doch Halt – noch ein anderer Gast signalisierte unübersehbar, wie sehr er mein Verhalten missbilligte – ihr Sohn, mein Mann: Bernd. Er sprach den restlichen Abend über kein Wort mehr mit mir. Und viel zu früh trat er zu mir und verkündete: »Wir gehen!« – mitten in einem angeregten Geplauder zwischen Regine und mir.

Und dann – was war dann geschehen? Ich versuche krampfhaft, mich zu erinnern. O nein! Jetzt weiß ich es wieder: Ich weigerte mich. Vielleicht wollte ich mir einfach vor Regine keine Blöße geben.

Und Bernd war gegangen. Ganz ruhig. Nur einen Satz sagte er noch: »Wir unterhalten uns dann morgen.« Beinahe zärtlich sagte er diesen Satz.

Bernd klingt immer zärtlich, wenn er richtig wütend ist.

»Morgen« – das ist heute! Schnell schließe ich die Augen wieder. Zeit schinden. Es ist Nacht, ich bin noch gar nicht aufgewacht.

Vielleicht beruhigt er sich, verzeiht meinen Ausfall, die Blamage. Er muss doch verstehen …

Nein, er versteht nicht, meine Liebe, flüstert mir meine innere Stimme gehässig zu. Öffne die Augen, dann wirst du es begreifen!

Der Rohrstock. Es war also kein Traum. Die Bedeutung dieses an und für sich so lächerlichen Gegenstandes dort in der Ecke ist nun offenkundig. Selbst ich muss sie begreifen, heute, an diesem Morgen nach meinem Geburtstag.

Ich sollte ihn einfach zerbrechen, überlege ich. Oder soll ich durchs Fenster fliehen? Aber was dann?

Verkrampft lausche ich in die Stille des Hauses. Noch rührt sich nichts. Natürlich hat er in seinem Arbeitszimmer geschlafen in dieser Nacht. Schon das ist ein untrügliches Zeichen seiner Verärgerung, ist schon das Teil der Strafe: Liebesentzug, Entzug seiner Nähe. Die Hauptstrafe indes würde noch folgen. Mit Hilfe dieses lächerlichen Holzstabes dort drüben.

Wenn ich aber mit Bernd rede? Ihm alles erkläre? Wenn ich bettle, flehe? Vielleicht lässt er sich erweichen. Heute, nur dieses eine Mal …

Illusionen.

»Ich gebe dir alles und fordere nichts. Nur eines erwarte ich von dir: absoluten Gehorsam.« Das waren Bernds Worte gewesen. Vor vier Jahren, an unserem Hochzeitstag.

»Ja. Ja!« hatte ich gejubelt und ihn geliebt für seine Forderung. Denn nichts anderes hatte ich mir immer gewünscht: ein Leben im Luxus, ohne Pflichten und Sorgen – und dafür dem Mann Gehorsam leisten, der mir dies alles ermöglicht. Gibt es eine wundervollere Art zu leben?

Für mich nicht. Ich hatte nie das Bedürfnis gehabt, irgendjemandem zu beweisen, wie gut ich mich selbst versorgen kann. Ich lasse mich lieber versorgen und beweise, wie gut ich das genießen kann.

Zufrieden rekle ich mich in unserem riesigen Doppelbett – bis mein Blick auf *ihn* fällt: den dünnen gelben Rohrstock dort drüben.

Wie oft wird Bernd mich schlagen? Zehnmal, zwanzigmal, dreißigmal ...?

Mir wird heiß und kalt bei der Vorstellung.

Lässt er mich auf dem Bett liegen, oder werde ich knien müssen? Muss ich mich ausziehen, oder wird er mir ein paar schützende Kleidungsstücke lassen?

Und danach – nach der Züchtigung? Wird er mich begehren, mich lieben? Gleich danach, hier auf dem Bett, der Strafstätte?

Wann er wohl kommen wird? Ob ich noch kurz ins Bad husche, mich dusche, mich parfümiere und vor allen Dingen ein Aspirin für den Kopf nehme? Aber wenn er mich hantieren hört, kommt er gleich.

Die kühlende Seidenwäsche umhüllt schützend meinen zitternden Körper. Und doch ist es eine Qual, hier zu liegen, mit schmerzendem Kopf und klopfendem Herzen warten zu müssen, das Instrument der zu erwartenden Züchtigung ständig vor Augen.

Nichts anderes hat er wohl bezweckt. Dies wird mir klar, als sich die Minuten zu Stunden dehnen und Erregung längst nicht mehr von Angst zu trennen ist.

So liege ich Stunde um Stunde in banger Erwartung.

Erst gegen Abend höre ich Türen schlagen und Schritte entschlossen näher kommen.

Endlich hat das Warten ein Ende ...

Stufe fünf

Es ist rabenschwarze Nacht. Ketten klirren in der Ferne. Langsam kommt das Geräusch näher. Mein Herz pocht wild, mein Atem geht schneller.

Seit einer Ewigkeit liege ich hier, an einem unbekannten Ort, gefesselt auf einem harten Lager, in endloser Dunkelheit zum Warten verurteilt.

Gestern haben sie mich hierher gebracht. Oder war es vorgestern? Die Dunkelheit verwischt die Grenzen zwischen Tag und Nacht. Und wer wartet, kennt kein Zeitgefühl.

Fünf Männer sind es gewesen, alle von gleicher Größe und Statur, nicht voneinander zu unterscheiden in ihren langen schwarzen Gewändern und mit ihren schwarzen Kapuzen, die ihre Gesichter unkenntlich machten. Ihre Stimmen sind monoton gewesen – und schneidend wie Peitschenhiebe.

»Mitkommen!«, befahlen sie, hielten mich fest und schleppten mich zu einer schwarzen Limousine, die am Straßenrand gewartet hatte.

Mein Versuch, mich zu wehren, war lächerlich. So jedenfalls müssen sie es empfunden haben. Mit wenigen geübten Handgriffen banden sie mir Füße und Hände, legten mir dann ein Lederband um den Hals, an dem das Ende der Fußkette befestigt wurde, und schoben mir einen Knebel in den Mund.

Und dann war ich gebändigt, hilflos ausgeliefert.

Irgendwann hielt der Wagen. Die Türen wurden geöffnet, und ich wurde hinausgestoßen. Jemand zog mich, die ich durch die Fesseln gezwungen war, auf allen vieren zu kriechen, unbarmherzig hinter sich her. Dem Kiesboden folgte Steinboden, dann kalter Marmor. Es ging eine Treppe hinunter, kurz danach quietschten Eisentüren. Mir wurde kalt. »Raum zwei«, verkündete eine gefühllose Stimme. Ich hörte ein Schlüsselbund klirren, dann wieder eine quietschende Eisentür.

Der Boden war jetzt uneben, rau, beinahe felsig und riss meine Knie und Hände auf. Der Raum, in den ich kriechen musste, war kalt und von feuchter Nässe durchzogen. Im trüben Dunkel war nichts zu erkennen.

Angst überfiel mich – die entsetzliche Angst, hier in diesem dunklen, kalten Verlies allein zurückbleiben zu müssen.

»Auf das Lager!«, befahl eine Stimme. Hände ergriffen mich, rissen mich unsanft empor.

Und dann lag ich auf einer rauen Unterlage, immer noch durch die Kette, die meinen Hals und meine Füße verband, zur Bewegungslosigkeit verdammt. Nicht einmal um Gnade zu betteln war mir vergönnt, da der Knebel meinen Mund verschloss.

Eine Hand presste meinen Kopf hart auf das Lager, eine andere schob mein Kleid nach oben und streifte meinen Slip hinunter. Eine Stimme sagte: »Eine Einheit genügt.«

Ich spürte, wie die Spitze einer Injektionsnadel in meinen Oberschenkel eindrang. Panik überfiel mich. Dann wurde es dunkel um mich.

Als ich wieder zu mir kam, lag ich noch immer hier, in rabenschwarzer Dunkelheit, völlig nackt, angekettet, hilflos. Warten, endloses angstvolles Warten. Und immer wieder dieselbe bange Frage: Was werden sie mit dir tun?

Doch bevor ich dazu komme, mir auszumalen, was diese Männer wohl mit mir vorhaben, höre ich das Klirren der Ketten. Leise erst, dann lauter, näher ...

Geräuschvoll öffnet sich die Tür. Vermummte Gestalten treten in den Raum ein. In dem fahlen Licht kann ich nicht erkennen, wie viele es sind.

Vier Hände befreien meine Arme und Beine von den Ketten und zerren mich hoch.

Diesmal darf ich aufrecht gehen, nur die Hände werden auf den Rücken gebunden. Unzählige Treppen steigen wir hinauf, höher, noch höher: Ein dicker Teppichbelag weicht dem kalten Fels unter meinen nackten Füßen.

»Halt!«, befiehlt eine Stimme. »Hier auf die Bank!« Unsanft werde ich auf eine harte, kalte Pritsche gestoßen. Hände spreizen meine Beine weit auseinander und befestigen sie. Dasselbe geschieht mit meinen Armen. Eine schwere Kette wird um meinen Hals gelegt und zwingt mich, den Kopf unten zu halten.

So liege ich eine Zeit lang da. Dann ertönt ein Gong. Ich höre, wie sich Türen öffnen und harte Schritte sich mir nähern, bis sie direkt neben mir verstummen.

»Ganz nett«, sagt eine männliche Stimme. »Nur der Hintern ist vielleicht ein bisschen dick.« Dann plötzlich die Forderung: »Die Peitsche!«

Mein Atem stockt. Ich möchte schreien: Nein, ich will nicht! Dann trifft mich der erste Hieb. Ein brennender Schmerz gräbt sich in mein Fleisch, mir bleibt die Luft weg. Schon folgt der nächste Schlag, dann noch einer und noch einer – immer quer über meine Hinterbacken. Tränen treten in meine Augen. Sie sind Ausdruck des Schmerzes – doch auch der Scham darüber, dass ich den nächsten Hieb beinahe herbeisehne. Denn längst haben die Schläge in meinem Unterleib ein loderndes Feuer entfacht.

»Genug!«, befiehlt eine Stimme. »Jetzt Stufe eins!«

Meine heiß brennenden Hinterbacken werden weit auseinander gezogen, dann wandert etwas Kaltes an meiner Spalte auf und ab, macht Halt an der hinteren Öffnung und stößt unbarmherzig hart in meine Gedärme hinein. Ich habe das Gefühl, als würde ich aufgespießt von einem Eiszapfen.

»Stufe zwei.« Wie aus weiter Ferne durchdringt die mir inzwischen vertraute Stimme den Nebel meines Schmerzes. Dann setzt ein surrendes Geräusch ein, und der kalte Eisenstab in meinem Innersten beginnt zu rotieren.

Mein ganzer Körper vibriert, es ist nicht auszuhalten. Mein Hintern bewegt sich fast gegen meinen Willen auf und ab, kreist und windet sich, um diesem Strom mechanischer Zuckungen zu entkommen. Wild zerre ich an meinen Ketten. Vergebens. Meine Schreie – halb Schmerz, halb Lust – ersticken im Knebel.

Meine zuckenden Hinterbacken werden aufs Neue gepackt und die Beine noch weiter gespreizt.

»Fixieren«, befiehlt eine Stimme laut. Lederriemen werden daraufhin um meine Schenkel geschnallt und festgezurrt.

Allmählich erst begreife ich die letzte Anordnung in ihrer ganzen Bedeutung: Ich kann jetzt nur noch daliegen, nur noch fühlen. Jede Gegenwehr ist unmöglich geworden.

»Den Stock.«

Hiebe, fein wie Nadelstiche, treffen auf die freien Stellen meiner Schenkel, in regelmäßigem Abstand platziert. Die neuen Schmerzen vermischen sich mit denen in meinen wund gescheuerten Gedärmen. Ich fühle eine Ohnmacht nahen. Wie sehne ich sie herbei, diese Erlösung von meinen Empfindungen und Qualen!

Verschwommen nehme ich wahr, dass ich umgedreht werde und auf dem Rücken zu liegen komme, immer noch den rotierenden Stab tief in mir, die von Striemen gezeichneten Schenkel nun auf das raue Lager gepresst. So werde ich wieder angekettet, wieder mit weitgespreizten Beinen. Und wieder ertönt ein Summen. Ich ahne, was kommen wird.

»Stufe drei.« Ein kleiner Schwingkopf berührt meine Schamlippen, mein Blut beginnt augenblicklich zu pulsieren, ich ringe nach Luft.

»Saugnäpfe«, fordert dieselbe Stimme wie zuvor.

Hände greifen nach meinen Brüsten, kalter Gummi wird über meine Brustwarzen gestülpt.

»Stufe vier.«

Die Saugnäpfe schließen sich um meine Warzen, ziehen und saugen ohne Unterlass. Der kleine surrende Schwingkopf hat indessen die inneren, so empfindlichen Lippen erreicht, während meine Gedärme noch immer im Rhythmus des vibrierenden Eisenstabes zucken. Jeder Striemen brennt unbarmherzig auf meinen Schenkeln, die Saugnäpfe ziehen, saugen fester und fester, der Schwingkopf surrt über meinen Kitzler. Plötzlich fühle ich Hände an meiner Vulva. Meine Schamlippen werden geteilt, ein dicker Gegenstand wird in meine Vagina eingeführt und tief in meinen Bauch gestoßen.

»Stufe fünf«, höre ich noch und fühle noch mehrere harte Stöße. Dann explodiere ich, zucke, tanze, presse und ergieße mich in einem nicht enden wollenden Strom tiefer Lust.

Diese deine Hände

O verdammt!

Zwischenstopp in Heidelberg. Versehentlich. Ich habe einen falschen Zug erwischt.

Heidelberg. Heidelberg!

Etwas rührt sich in meinem Magen – und nicht nur da. Dabei war ich mir so sicher, dass mir das alles längst egal ist: das mit Heidelberg, das mit dir. Total egal.

Aber Fehlanzeige – alles ist wieder da: das Herzflimmern, dein Lächeln, deine Hände.

Die vor allen Dingen. Auch später, sehr viel später, schon lange nach Heidelberg, waren mir immer noch deine Hände am wichtigsten.

Hände, die ungeheuer sanft sein konnten, sanfter als Watte. So sanft, dass es beinahe schon wieder schmerzhaft war. Kaum auszuhalten …

Und es waren dieselben Hände, die so hart sein konnten, unbarmherzig, gnadenlos. So hart, dass es fast schon wieder Lust bereitete.

Mit diesen sanften, unbarmherzigen Händen hast du mich auf die Knie gezwungen, meine Hände auf den Rücken gefesselt. Mit diesen Händen hast du mir ins Gesicht geschlagen. Nicht sehr brutal, aber doch so stark, dass mir die Tränen über die erhitzten Wangen liefen.

Mit den Fingern dieser Hände hast du meine Brüste gestreichelt, zärtlich und sanft – und danach mit aller Kraft meine Brustwarzen lang gezogen. So lange, bis ich schrie.

Und noch länger: bis das Schreien in sanftes Klagen, in ergebenes Wimmern überging.

Dann erst war ich bereit, wirklich bereit – für deine Hände, für die tiefen Empfindungen, die sie mir entlockten, meinem Körper und meiner Seele. Trost und Qual, Lob und Strafe: alles erhielt ich durch deine Hände.

Die Adern traten auf deinen Händen hervor, wenn sie den Stiel der Peitsche umspannten, mit der du mich dann schlugst. Deine Hände – ein Symbol der Kraft und Härte. Und flaumfederweich strichen sie danach über die Striemen auf meinem Körper. Balsam und Lust.

Es waren dieselben Hände, die mich hielten, wenn ich zu fallen drohte, ins Wanken gebracht von meinen eigenen Verwirrungen, von der Angst, dem Wahn. Hände der Hoffnung, der Liebe.

Und ganz am Ende fielen diese deine Hände, erschöpft und voller Trauer, herunter – nachdem sie mich in einer letzten großen Kraftanstrengung von dir gewiesen hatten.

Vorbei. Sie werden mich nie mehr quälen, deine Hände, nie mehr liebkosen …

Nur manchmal sehe ich mich mit dir durch einen dichten, dunklen Wald laufen. Deine Hand hält meine Hand fest. Wir sprechen kein Wort. Es ist Herbst, und mir ist kalt. Wir laufen lange so, schweigend. Und dann bleibst du stehen und blickst mich an. Sehr lange, sehr liebevoll. »Es ist so weit«, sagst du dann. »Du musst jetzt sterben, Kleines.« Und ich wäre glücklich, wenn sich mir deine Hände langsam um den Hals legten …

Heidelberg. Der Zug fährt an.

Ich liebe dich. Sei froh und stolz, hast du gesagt. Ich war froh und stolz. Unterwirf dich, hast du gefordert, und ich habe mich unterworfen – dir, deinem Lächeln und deinen Händen, die so sanft und doch so hart sein konnten.

Heidelberg.

Ein letzter Blick durch das Abteilfenster auf die zurückbleibende Stadt. Wehmut.

Im Palast des Herrschers

Ein Palast im römischen Stil. Riesige Gemächer, Säle und Bäder. Im größten der Gemächer ruht ER, der Gebieter, unser Herr und Meister, dazu berechtigt, von uns verwöhnt zu werden, umsorgt und gepflegt – nur dazu sind wir da.

»Wir«, das sind drei Liebesdienerinnen, nach unserem Können und den Vorlieben unseres Gebieters in einer Rangordnung stehend. Ich selbst bekleide den untersten Rang: Ich darf nur Hilfsdienste verrichten, berühren darf ich IHN nicht ...

Am Nachmittag, wenn ER seine Geschäfte beendet hat, beginnt unser Dienst. In raffiniert geschnittenen Kleidern, mit Juwelen geschmückt, das Haar kunstvoll frisiert, begeben wir uns geschlossen in die obere Etage des Palastes, wo SEINE Gemächer liegen.

Er ruht, müde und erschöpft von seinem Tagwerk und dem üppigen Mahl. Wir verneigen uns vor IHM, wobei unsere Rangstellung unseren Platz bestimmt: IHM am Nächsten steht Cressida, seine Lieblingsfrau, die jüngste und schönste von uns, perfekt im Liebesspiel. Einen Meter hinter ihr folgt Phigenie, immerhin Zweitgeliebte, etwas älter, lange Zeit die unangefochtene Meisterin in Massagen und Bädern. Noch einen Meter weiter von IHM entfernt schließlich stehe ich.

Ich bin die Älteste, die weniger Schöne und weniger Talentierte und deshalb auf den letzten Rang verwiesen. Und doch bin ich voller Zuneigung und voller Glück,

IHM nahe sein zu dürfen, bin ich voller Hoffnung, seine Gunst wiederzuerlangen und eines Tages wieder von IHM beglückt zu werden.

Das ist mir momentan verwehrt. Der Weg zu IHM ist weit, er ist mir unerreichbar – und doch so nah.

Der Gebieter klatscht in die Hände – das Zeichen, mit unserem Ritual zu beginnen.

Ich erhebe mich, wie es die Bestimmung vorsieht, als Erste und begebe mich in den Baderaum. Dort lasse ich Wasser in das runde Becken einlaufen – wobei ich aufmerksam darauf achte, dass es nicht zu heiß und nicht zu kalt ist – und gebe einige Rosenblätter, Nelkenblüten und den Staub des Korianders hinzu, so wie ER es haben will.

Dann tritt ER ein, von Cressida an der Hand geführt.

Sie verbeugt sich tief vor IHM, prüft das Wasser und die Zusätze und beginnt dann, den Gebieter in spielerisch-zärtlichen Bewegungen zu entkleiden. »Bitte, mein Gebieter«, sagt sie sanft und führt IHN an der Hand zum Becken hin.

Phigenie, inzwischen entkleidet, steigt in das Wasser und legt sich mit weit gespreizten Armen und Beinen an den Rand des Beckens.

Der Gebieter lässt sich in ihren Armen nieder, ihr Körper dient IHM als Polster.

Jetzt gesellt sich auch Cressida dazu, nackt, in ihrer vollkommenen Schönheit. Sie hat ein weiches Stück Fell in den Händen. Damit wird sie unseren Herrn reinigen – nur ihr allein kommt diese Aufgabe zu.

Ich lasse mich währenddessen am Außenrand des Beckens nieder. Meine einzige Aufgabe ist es, IHM kühlende Luft zuzufächeln.

Cressida fährt mit dem nassen Fell sanft über SEIN Gesicht, das reglos zwischen Phigenies Brüsten ruht, über den Hals, die kräftigen Arme. In kreisenden Bewegungen streicht sie über SEINE Brust und den Bauch. Dann setzt sie die Reinigung an den Füßen fort, sanft berührt das Fellstück Zehen, Ballen und Fersen des Gebieters, sodann die Waden, die Knie und auch die Schenkel.

Lächelnd legt Cressida das Fell beiseite. Der erste Teil des Bades ist beendet. Nun beginnt der zweite, der wichtigere Teil. »Gestattet mir nun, Euer Heiligstes zu reinigen«, bittet sie den Gebieter.

»Es sei Ihr gestattet«, antwortet ER, immer noch reglos.

Cressida taucht unter, nähert sich mit ihrem Gesicht der Stelle zwischen SEINEN Beinen. Ihre Zunge fährt über die Hodensäcke, die Schamhaare, die Spalte zwischen den Beinen. Einmal kommt sie – beinahe unbemerkt – nach oben, holt Luft, taucht wieder unter. Jetzt ist der Penis des Herrschers an der Reihe. Cressidas Zunge wandert einige Male am Schaft auf und ab und kreist dann um die Eichel. Schließlich nimmt sie des Herrschers Glied ganz in ihren Mund.

Nun regt sich zum ersten Mal ein Muskel im Gesicht des Gebieters: das Zeichen für mich, kräftiger Luft zu fächeln; das Zeichen für Phigenie, die Brust des Meisters zu massieren. Er presst SEINEN Kopf gegen ihre vollen Brüste und schließt die Augen. Dann aber springt ER plötzlich auf – das Zeichen dafür, dass das Bad zu Ende ist. Cressida hüllt IHN in einen gewärmten Umhang, und Phigenie führt IHN zum Schlafgemach, während ich, den Fächer leise wedelnd, folge.

Im Gemach wird ER auf seine Schlafstatt gebettet. Eine gewärmte Flasche mit duftendem Öl wird gereicht.

»Nun, mein Herrscher, gestattet mir bitte, Euren vollkommenen Leib zu balsamieren«, bittet Cressida, und ER gewährt ihr auch dies.

Mit anmutigen Bewegungen verteilt sie Öl aus der Flasche auf seinem Körper. Kein Spalt wird vergessen, kein Millimeter Haut bleibt unberührt.

Wohlig regt sich der Gebieter. »Genug!«, befiehlt ER. »Setzt nun Eure Bemühungen fort.«

Cressida lächelt – verstehend. Ihr Mund wendet sich seinem Penis zu, ihre Zunge setzt die Liebkosungen fort.

Auch Phigenie ist nun zum Liebesspiel zugelassen. Sie streicht über SEINEN Körper, rollt sich zur Seite und beginnt mit gekonnten Bewegungen SEINEN Hintern zu massieren. Bald spreizt sie SEINE Backen, fährt mit ihren Fingern die Furche auf und ab und verweilt dann an der Rosette.

Der Gebieter stöhnt, atmet schwerer – für mich das Zeichen, mein Fächeln abermals zu verstärken. ER greift Cressida an den Haaren, zieht sie zu sich und knetet ihre kleinen, festen Brüste.

Sie lächelt glücklich, während Phigenie nun ihren Platz einnehmen und ihr Werk fortsetzen darf.

SEINE Bewegungen werden hart und schneller, schließlich stößt ER Phigenie von sich. »Auf die Knie«, befiehlt ER mit keuchender Stimme Cressida.

Diese weiß, welchen Wunsch ER hat. Wieder lächelt sie, kniet sich mit gespreizten Beinen auf die Kissen, den Kopf weit nach unten gebeugt. Mit hochgerecktem Hinterteil erwartet sie den Penis des Gebieters. Wieder ist sie es, der ER seine Gunst schenkt.

Phigenie führt IHN in Cressidas feuchte Liebeshöhle. Diese kann ein Stöhnen nicht unterdrücken, als der Gebieter sie nun hart zu stoßen beginnt. Phigenie kniet sich unterdessen hinter IHN, streichelt SEINE Lenden, den Hintern und die Beine.

Der Gebieter stößt immer härter, fester und schneller

zu. Cressida lächelt noch glücklicher, verklärt. Dann ein kurzer Aufschrei, ein letzter, kraftvoller Stoß in ihren Leib – der Herrscher hat sich entleert.

Zufrieden sinkt ER zurück auf sein Lager. Phigenie wäscht seinen erhitzten Körper. Ich fächle noch immer Luft, einen neidvollen Blick auf Cressida gerichtet, die an SEINER Seite ruhen darf, SEINE Hand in der ihren.

Irgendwann – vielleicht – werde ich dort liegen, an ihrer Stelle, bei IHM …

Die Telefonnummer

Zögern.

Soll sie es wirklich tun? Oder doch lieber nicht? Aber wenn sie es nicht jetzt gleich, nicht sofort tut, dann …

Dann wird es zu spät sein. Mit Sicherheit für immer zu spät. Also: Mit zitternder Hand nimmt sie den Hörer ab. Er liegt schwer in der Hand. Zu schwer. Soll sie ihn wieder auflegen? Es wäre erleichternd – nicht nur für die Hand. Aber …

Die Nummer kennt sie im Schlaf. Seit langem. Gewählt hat sie sie allerdings nie. Aber jetzt …

Das Freizeichen. Angstschweiß. Und Sehnsucht.

»Ja?«

Jetzt etwas sagen, irgendwas! Fast unwichtig, was. Hauptsache, dass es jetzt, sofort passiert. Nur nicht die Verbindung abreißen lassen!

»Hallo, du.«

Na also. Zwei Worte, immerhin. Auch wenn sie sie zu hastig, zu zögernd ausgesprochen hat.

Warten.

Ihr Atem und sein Atem, hörbar über ein Netzwerk verzweigter Kabel und Drähte. Scheinbare Nähe.

Aber jetzt muss *er* etwas sagen – bald! Sag was, bitte sag was! Das Warten ist Qual und Lust zugleich. Mit der freien Hand wischt sie den Schweiß ab. Nicht zu schnell atmen! Bitte …

»Geraldine.«

Ihr Name. Aus seinem Munde. Melodie d'amour,

Hoffnung und Scham, Schmerz und Enttäuschung – alles liegt in diesem Namen, in diesem einen Wort.

Schweigen.

Augenblick um Augenblick. Längst hat sie sich ausgestreckt, umklammert den Hörer an ihrem Ohr mit der linken Hand wie ein Symbol der Hoffnung, den berühmten Strohhalm.

Atmen, lauschen, atmen. Ohr an Ohr.

Jedes Wort wäre ein Wort zu viel und doch viel zu wenig in diesem Augenblick. Weiteratmen und lieben – das Atmen am anderen Ende des Kabels.

Lust.

Ihr Kleid ist über die Knie hochgerutscht. Unversehens spreizt sie die Beine, für ihn, der es nicht sehen kann, aber doch spüren – vielleicht … Wird der Atem nicht schneller am anderen Ende der Leitung? Oder ist es ihr eigener?

Die Finger der freien Hand tasten sich in ihr Höschen, streifen es über die Hüften, nicht ganz herunter, sonst müsste sie den Hörer weglegen, wäre seines Atems, seiner Nähe beraubt.

Warme Feuchtigkeit quillt zwischen ihren Beinen, Perlen der Lust – für ihn am anderen Hörer.

Sein Atmen im Ohr. Nun sind es *seine* Finger, die ihre Schamlippen trennen, die Einlass begehren – und erhalten. Sie biegt ihren Körper ihm entgegen, Bettwäsche raschelt, ein leichtes Stöhnen entschlüpft ihren Lippen. Ob er es hört? Tiefer und tiefer.

Die Wellen der Lust schlagen in ihr höher und höher. Jetzt nur nicht den Hörer aus der Hand fallen lassen!

Rasende Leidenschaft mit geschlossenen Augen und einer freien Hand. Ihre Fingerkuppen reiben die Erhebung an ihrer Vulva. Immer fester, härter …

Schreie in die Sprechmuschel, spitze, kleine Schreie der

Lust. »Du!« Ein einziges Wort, bevor die Wogen über ihr zusammenbrechen, ihre Muskeln sich verkrampfen, ihre Lider flattern.

Plötzlich Ruhe.

Schmerz.

Der Arm mit dem Hörer ist auf das Bett gesunken. Ihr Körper fühlt sich matt an. Ihr Mund ist trocken. Nach Salz schmeckende Tränen laufen ihr übers Gesicht, werden aufgefangen von ihrer Zunge.

Einmal noch seinen Atem hören! »Bist du noch da?«

»Ja.«

Sie schluchzt.

»Wein doch nicht«, sagt er. »Wein doch nicht, es war so schön.«

»Rufst du mal an?«, fragt sie.

»Sehr bald«, sagt er. Und dann: »Leb wohl, Geraldine.«

Sie steht auf und kühlt sich das Gesicht mit Wasser.

Später liegt sie wieder auf ihrem Bett und träumt davon, wie es wäre, wenn er ihr gehören würde, nicht nur am Telefonhörer für Minuten, sondern neben ihr liegen würde – jeden Abend und besonders in der Nacht.

Und während sie sich dies alles genau ausmalt, spürt sie, wie ihre Lust langsam wieder erwacht – und mit ihr die Hoffnung.

Die Frauen

Die Hand

»Neulich abends saß ich im Kino«, schrieb mir ANGELA, eine 35-jährige Angestellte. »Es war sehr voll, und so passierte es, dass ich ein paarmal den Arm des Mannes streifte, der neben mir saß. Irgendwie lässt mich seitdem die Fantasie nicht mehr los, er hätte sich die Enge und die Dunkelheit des Saales zunutze gemacht, um sich mir sexuell zu nähern, und wäre danach wortlos verschwunden.«

Angela ist seit zehn Jahren verheiratet. Ihr Intimleben verläuft in fest gefügten Bahnen.

Nur in ihrer Fantasie erlaubt sie sich ein außergewöhnliches Erlebnis – mit einem Fremden, im Dunkeln, anonym bleibend.

Kira und das alte Strandhaus

»In meinem letzten Urlaub in Spanien hatte ich einen Flirt mit einem sehr leidenschaftlichen Spanier. Er war verheiratet, und so trafen wir uns meistens in einem eingefallenen Haus am Strand. Er ging – anders als meine bisherigen deutschen Freunde – recht grob mit mir um. Seit meinem Urlaub und dem Ende dieser Affäre lässt mich die Vorstellung nicht los, auf noch viel härtere Weise erniedrigt zu werden. Ich kann mir das aber nur in einer außerehelichen Beziehung vorstellen.«

CLAUDIA, 25 Jahre, lebt mit einem liebevollen, zärtlichen Mann zusammen. Sie möchte ihn heiraten und dann Kinder kriegen.

Sie fürchtet, von ihrem Mann augenblicklich verlassen zu werden, wenn sie ihm ihre Demutsfantasien gestehen würde.

Die Frau aus dem Hinterhaus

Die erotische Fantasie, die Sabine, 33 Jahre alt, verheiratet, mir erzählte, fand ich – in unterschiedlichen Ausprägungen – auch bei anderen Frauen wieder: die Vorstellung, einer anderen Frau zuzusehen, wenn diese sich selbst befriedigt. Genauso häufig traf ich auf Frauen, die sich in ihrer Fantasie oftmals vorstellen, dass eine fremde Frau oder ein fremder Mann sie (heimlich) bei der Masturbation beobachtet.

Sabine sagte mir, dass sie Schwierigkeiten damit habe, die eigene Lust an der Selbstbefriedigung zu akzeptieren. Und sie könne sich nie vorstellen, dass ihr eigener Mann sie beim Masturbieren beobachte. Sie wuchs in einem recht konservativen Elternhaus auf, in dem das Thema Sexualität tabu war. Die Selbstbefriedigung ist für sie seit Kindesbeinen mit starken Schuldgefühlen belastet.

Heute Abend ...

Die Autorin dieser Zeilen heißt Sina – und bin ich selbst. Viele Frauen, denen ich sie vortrug, identifizierten sich spontan mit dem Bedürfnis, das ich auszudrücken versuchte: mit dem Wunsch nach einer liebevollen Beziehung, die es mir erlaubt, meine Lust an der Unterwerfung auszuleben.

Herrenabend

SVENJA, 27 Jahre, lebt mit ihrem Mann und ihren zwei kleinen Kindern zusammen. Einmal die Woche hat ihr Mann zwei männliche Bekannte zu Gast, mit denen er Skat spielt. Obwohl sie keiner der fremden Männer erotisch anzieht, malt sie sich immer wieder aus, wie sie nach einer erotischen Darbietung von allen dreien sexuell verwöhnt wird.

Eine wichtige Rolle spielt dabei die Vorstellung, dass ihr Mann sehr stolz auf sie wäre.

In der Wirklichkeit fühlt sich Svenja in ihrer Rolle als Hausfrau und Mutter wenig ausgelastet. Es fehlt ihr die Bestätigung als *Frau.* In ihrer Fantasie findet sie diese gleich mehrfach: durch die erregten Zuschauer ihrer Darbietung, durch die drei Liebhaber und durch die Bestätigung ihres Mannes, der nach dem Liebesakt seine Bewunderung für sie ausdrückt.

Zufällige Berührung

Diese Geschichte hat einen starken Bezug zur Lebensrealität von RENATE, 32 Jahre alt, Referendarin. Tatsächlich fährt sie jeden Abend mit der Straßenbahn nach Hause und begegnet fast regelmäßig diesem Mann, einem Professor.

»Allein die mehr oder weniger zufälligen Berührungen mit ihm in der Straßenbahn lassen mich jedes Mal in höchster Geilheit zurück. Ich weiß, dass er ein recht eigenartiger Mensch ist und ich wohl niemals mit ihm zusammenkommen werde.«

Renate wurde im Elternhaus zur altbekannten weiblichen Zurückhaltung erzogen: Die Frau wartet, bis der Mann den ersten Schritt tut. In ihrer Fantasie setzt sie sich über ebendieses Gebot hinweg: Sie lädt den Mann ein, bittet ihn zu sich nach Hause und macht aus ihren Bedürfnissen kein Hehl. Und doch verbietet sie sich noch in ihren Träumen die Erfüllung dieser Bedürfnisse.

Blind date

MASCHA will Liebe, Lust und Leidenschaft ohne Verpflichtungen. Nach zwei langen Beziehungen, in denen die Dreißigjährige emotional und sexuell immer zu kurz kam, sucht sie in ihrer Fantasie Erfüllung im Flüchtigen und Vergänglichen, bei einem Fremden, der – obwohl er sie nicht kennt – gut auf ihre Bedürfnisse einzugehen weiß. Wichtig ist für sie die Spannung, die Vorbereitung im Einklang mit sich selbst und ihren Bedürfnissen. Wichtig ist in ihrer Fantasie auch, dass der Mann – recht entschieden – den aktiven Part übernimmt: Der Fremde holt den Schlüssel, stellt die erste Frage, schenkt den Sekt aus, bestimmt die Stellung, bezahlt die Rechnung, streicht ihr beim Abschied über die Wange.

Der Mann von Celine

»Seit mehr als drei Jahren begehre ich den Mann meiner besten Freundin«, schrieb mir die 26-jährige SIGNE, eine Dolmetscherin. »Ich schäme mich für mein Verlangen und kann doch nicht dagegen an. Mein schlechtes Gewissen hindert mich wohl auch daran, mir ein Sex-Erlebnis mit ihm in der Gegenwart auszumalen. Aus Scham fliehe ich immer wieder in die Vergangenheit.«

Die historische Distanz entrückt für Signe das Fantasiegeschehen so weit der Realität, dass sie das schlechte Gewissen, das sie ihrer Freundin gegenüber hegt, weitenteils verdrängen kann. Hinzu kommt, dass in dieser vergangenen Epoche, in der sie die Geschichte ansiedelt, dem Mann gemeinhin die führende Rolle oblag, sodass sie die Verantwortung für das Geschehen ganz von sich weisen kann.

Der Luxus der Unterwerfung

CARLA, 40 Jahre alt, Hausfrau, hat alles, was eine Frau sich an materiellen Gütern wünschen kann. Sie lebt tatsächlich so, wie es in der Geschichte beschrieben wird: im Luxus, ohne Sorgen – aber eben auch ohne Spannung und Leidenschaft.

Die Monotonie ihres Lebens lässt sie in ihrer Fantasiewelt das Außergewöhnliche suchen. Das große Haus wird mit einem spartanisch eingerichteten Zimmer vertauscht, der eher gleichgültig liebende Mann wird zum leidenschaftlich dominanten Liebhaber.

Carla könnte sich durchaus vorstellen, tatsächlich eine Zeit lang so zu leben und vor allem zu lieben, wie sie es in ihrer Fantasie tut, ist sich aber sicher, dass ihr Mann diese Form der Sexualität entsetzt ablehnen würde. Da sie selbst aus kleinbürgerlichen Verhältnissen stammt und sich ihrem Mann zu Dank verpflichtet fühlt, kommt ihr ihre Fantasie beinahe wie ein Verrat an dem Wohlstand vor, den er ihr bietet. Sie ist sich deshalb sicher, ihrem Mann niemals etwas von ihren Unterwerfungsfantasien erzählen zu dürfen.

Sehr gelber Raps

Die Fremdheit des Geliebten, die eigene Abenteuerlust und das Entbundensein von alltäglichen Verpflichtungen – diese drei Motive begegnen uns oft in den erotischen Geschichten von Frauen, und offenbar sind sie für ein intensives sexuelles Empfinden von großer Bedeutung.

STEFANIE, 29 Jahre, Fotografin, ist von Berufs wegen so manches Mal mit einem ihr tatsächlich fremden Mann unterwegs. Allerdings hat sie sich bislang noch nie zu einem realen Abenteuer dieser Art hinreißen lassen. Wichtig ist ihr, dass der Mann – trotz seiner Fremdheit – liebevoll, fürsorglich, verständnisvoll ist. Und doch darf es keine Fortsetzung geben …

Mein Geliebter!

SIMONE führt eine so genannte Teilzeitehe: Ihr Mann ist oft monatelang im Ausland. In der Zeit der Trennung stellt sie sich immer wieder vor, wie sie ihm bei seiner Rückkehr ein erotisch besonders aufregendes Wiedersehen bereiten kann. Bisher hatte sie allerdings noch nie den Mut, ihre Fantasien in die Tat umzusetzen.

Doch im Gegensatz zu den meisten anderen in diesem Buch vertretenen Frauen *wünscht* sich Simone die Umsetzung ihrer Fantasie in die Wirklichkeit. Aufgrund des temporären sexuellen Verzichts liegt ihr daran, die wenige Zeit, die der Beziehung verbleibt, voll und ganz auszukosten – auch durch ungewöhnliche sexuelle Praktiken.

Im Mittelpunkt ihrer Geschichte steht *seine* Befriedigung: Da sie in der Zeit seiner Abwesenheit oftmals befürchtet, von ihm betrogen zu werden, soll er die Erinnerung an ein sehr befriedigendes und beglückendes Erlebnis mit sich nehmen, wenn er sie wieder verlassen muss.

In der Flüchtigkeit einer Nacht

Viele Frauen werden sexuell stimuliert durch Fantasieelemente, wie sie in dieser Geschichte von NORA, 24 Jahre, zu finden sind: ein mysteriöser Fremder, Dunkelheit, eine fremde Umgebung, ein weiträumiges Haus, die allein durch seinen Blick ausgeübte Macht des Mannes – bis hin zur lesbischen Sexualität. Ähnliche Fantasien hörte oder las ich auch von sehr vielen anderen Frauen – wobei ich überrascht feststellte, wie viele Frauen latente homoerotische Neigungen haben.

Lust der Begierde

Die Gewissheit, einen begehrenswerten Körper haben – sie bildet den wichtigsten Aspekt in der Erzählung von ULRIKE, einer 36-jährigen Lehrerin. Seit ihr Mann, mit dem sie seit fast zwanzig Jahren verheiratet ist, eine jüngere Geliebte hatte, spielt in ihren Fantasien immer wieder die Macht des Körpers eine Rolle. Schon die begehrenden Blicke fremder Männer wirken stimulierend. Doch wie in der Realität, so bleibt sie auch in ihrer Fantasie ihrem Mann treu, indem sie sich letztendlich nur ihm wirklich hingibt.

Auffallend war für mich, dass Ulrike, die äußerlich eher unscheinbar und zudem unsicher wirkt, in ihrer Geschichte mit einem Höchstmaß an körperlichen Reizen und weiblichem Selbstbewusstsein ausgestattet ist.

Warten

In vielen erotischen Fantasien von Frauen spielen durch den Partner einseitig beendete Liebesbeziehungen oder der unerfüllte Wunsch nach sexuellem Kontakt zu einem bestimmten Menschen eine stimulierende Rolle.

Martina, 31 Jahre alt, Redakteurin, hat sich bis heute innerlich nicht von einer gescheiterten Liebesbeziehung zu einem gleichaltrigen Mann lösen können. Sein Desinteresse an ihr steigert ständig den Reiz, den er auf sie ausübt, und ihren Wunsch, ihn doch noch zurückzugewinnen.

In ihrer Fantasie, die sie immer wieder in verschiedenen Variationen durchspielt, glückt es ihr, die Beziehung wiederherzustellen – allerdings ohne die Sicherheit einer festen Verbindung. Denn genau diese würde den merkwürdigen Reiz zerstören, der von seiner Weigerung und seiner Unzuverlässigkeit ausgeht.

An einem Freitag wie an jedem anderen

Ursula, 34, ist auf der Flucht – vor den Zwängen ihrer Ehe und auch vor der Verantwortung für ihr Kind. Einfach mal Frau sein, in einer fremden Stadt, in einem Hotel, in einer Bar mit einem Mann, von dem sie nicht einmal den Namen kennt. Doch schon holt die Pflicht sie ein, nach der ersten Nacht, und so bleibt ihre Flucht ein erotischer Ausbruch mit schnellem Ende. Die Fantasiegeschichte einer Frau, die davon träumt, dass ihre Fiktion einmal Wirklichkeit wird.

Gespräch in der Nacht

LISA, 21 Jahre alt, Berufsziel Stewardess, befindet sich momentan in der Ausbildung und teilt mit einer Gleichaltrigen ein Zimmer in einem Wohnheim. Zwischen beiden finden so manche Gespräche in der Nacht statt, und ein bevorzugtes Thema sind die Wünsche der beiden jungen Frauen in Bezug auf die Männer und ihre Eigenschaften.

In ihrer Fantasie bringt Lisa am Ende einen Wunsch ein, den sie ihrer Mitbewohnerin gegenüber noch nie zugegeben hat: den Wunsch nach einem erotischen Erlebnis mit ihr.

Lisas Eltern trennten sich voneinander, als sie 14 war. Das Mädchen lebte danach sechs Jahre bei ihrem Vater. Lesbische Fantasien hat sie ihrer Erinnerung nach seit der Trennung ihrer Eltern.

Er und Sie

Die 39-jährige Ärztin CARMEN setzt mit ihrem Mann viele ihrer masochistischen Fantasien in die Realität um. Er schlägt sie, so wie sie es will, fesselt sie, wann immer sie es will, erniedrigt sie auf die Art, wie sie es wünscht.

In der Fiktion geht Carmen einen Schritt weiter: Sie gibt die Fäden aus der Hand, bestimmt nicht länger das Geschehen und das Maß der Dinge, die ihr zuteil werden. Sie bleibt in Ungewissheit zurück und damit jener Spannung ausgesetzt, die sie in ihrer erotischen Wirklichkeit immer mehr vermisst.

Carmen wuchs in einem katholischen Kinderheim auf, in dem die körperliche Züchtigung zu den wichtigsten Erziehungsmitteln gehörte. Obwohl sie recht bald Distanz zu dieser Art von Erziehung gewann, entwickelte sie als erwachsene Frau eine vitale Sehnsucht nach männlicher Dominierung und eine Lust am Schmerz. Ihrem Mann wagte sie diese Wünsche erst mehrere Jahre nach der Heirat zu gestehen. Obwohl bei ihm keine entsprechenden Ambitionen vorlagen, stellte er sich aus Liebe zu ihr auf ihre masochistischen Bedürfnisse ein.

Das Versprechen eines Fremden

Von Tanja, 25 Jahre, und Barbara, 30 Jahre, beide verheiratet, erhielt ich diese Geschichte. Auch hier spielen die Motive der Fremdheit, der Spannung, des Abenteuers und der Unverbindlichkeit eine herausragende Rolle. Der Mann ist wie aus einer anderen Welt – und weiß doch um die geheimsten Wünsche der Frau.

Beide Frauen – die eine lange, nach eigenen Angaben nicht sexuell fundierte Freundschaft verbindet – fühlen sich in ihrer Ehe unbefriedigt, wagen es aber nicht, ihre Bedürfnisse außerhalb der Ehe auszuleben.

Die köstliche Süße der Macht

Bettina, 24, hat eigentlich Lust darauf, mit einer Frau sexuell zusammenzukommen. Dabei würde sie gerne den aktiven, dominanten Part übernehmen. Bislang gestattet sie sich diese Lust jedoch nur in ihrer Fantasie: als Mann verkleidet und mit käuflichen Frauen. Wichtig ist in ihrer Vorstellung die Macht, die ihr die Verkleidung und das Geld verleiht: einmal die Lust eines anderen Menschen manipulieren zu können.

Blondes Gift

KATHRIN, 28 Jahre, seit kurzem verheiratet, hat auch in der Realität mit ihrer Eifersucht zu kämpfen. Diese bezieht sich vor allem auf die ehemalige Lebensgefährtin ihres Mannes, einen Traum von Frau mit langem blondem Haar.

In ihrer Fantasie spielt sie einerseits durch, was sie real fürchtet. Andererseits gibt sie sich der geheimen Faszination hin, die ihre Vorgängerin in ihr auslöst.

Kathrins lesbische Wünsche – die sie mir gegenüber nicht eingestand – werden selbst in ihrer Fantasie nur sehr vermittelt manifest: Indem sie das sexuelle Miteinander mit der anderen Frau an ihren Mann koppelt, kann sie jede Verantwortung dafür zurückweisen.

Masken im Nebel

CLAUDIA, 41, lebt in ihrer Fantasie ihre Sexualität sehr bewusst aus. In der Realität hat sie damit Schwierigkeiten. Sie hat große Scheu, Gefühle zuzulassen, und findet sich auch nicht sehr begehrenswert. In ihrer Venedig-Geschichte löst sie diese Ängste. Sie selbst – wie auch ihre Partner – verbergen ihre eigentliche Existenz hinter bunten Masken. Ihre Lust bleibt jedoch unverborgen.

Zungen

»Gefesselt und damit wehrlos, gesichterlose Gestalten, Dämmerung, ein Waldweg – und im Mittelpunkt die eigene Lust«, so beschrieb mir die 30-jährige IMKA in Kurzform ihre Erzählung.

Sie lebt seit zwei Jahren mit einer älteren Frau zusammen, »relativ glücklich«, wic sic mir erzählte. Sie empfindet die Intimbeziehung zu ihrer Freundin als sehr befriedigend, fühlt sich aber auch zu Männern hingezogen. In ihrer Fantasie löst sie die Ambivalenz dadurch, dass sie die Rollen mit geschlechts- und gesichtslosen Gestalten besetzt.

Schwarze Diamanten

Corinne, eine freischaffende Künstlerin, erlebt diese Geschichte ein ums andere Mal in ihrer Fantasie, seitdem sie vor gut einem Jahr einen eher unscheinbaren Mann mit Glatze porträtierte. Aus ihr noch heute unerklärlichen Gründen zeichnete sie die Augen des Mannes wie Diamanten. Seither übt die männliche Fantasiegestalt einen ungeheuren Reiz auf sie aus, vermischt sich allerdings zunehmend mit dem Bild ihrer Freundin, die sie ebenfalls sehr begehrt.

Das Opferfest

Seit frühester Kindheit beschäftigt sich Silke, eine 35-jährige Angestellte, mit den Sitten und Gebräuchen fremder Kulturen. Und so handelt auch ihre Erzählung von einem fremdländischen Kult. Als Erwählte, körperlich makellos und doch zur Benutzung freigegeben, geopfert und doch etwas ganz Besonderes darstellend – so sieht sie sich gern in ihren erotischen Fantasien.

Silke wurde vor einigen Monaten wegen einer zehn Jahre jüngeren Frau von ihrem Mann verlassen und leidet seitdem an mangelndem Selbstbewusstsein: Sie empfindet sich als körperlich unattraktiv. Es ist evident, dass sie in ihrer erotischen Fantasie das Gefühl, von der Umwelt nicht bestätigt zu werden, kompensiert.

Aus Enttäuschung und Angst vor einer neuen Niederlage lehnt sie zurzeit jede Beziehung zum männlichen Geschlecht ab. So ist sie auch in ihrer Fantasie den Männern entrückt – beinahe nicht mehr menschlich, sehr viel mehr schon den Göttern nah.

Der Rohrstock

Als DANIELA, 22 Jahre, diese Geschichte aufschrieb, lebte sie unter dem Druck, sich zwischen zwei Männern entscheiden zu müssen. Der eine bietet ihr finanzielle Sicherheit und zudem eine Art von Sexualität, die sie seit einiger Zeit als sehr befriedigend erlebt, beschneidet sie allerdings sehr stark in ihrer persönlichen Freiheit. Der andere, ein Freund seit Kindesbeinen, Student, ist zärtlich und in erotischer Hinsicht eher konventionell.

In ihrer Fantasie hat sich Daniela bereits entschieden: So wichtig ihr die persönliche Freiheit auch ist – sie genießt es, sich ihrem Mann zu unterwerfen, und nimmt sogar die materielle Abhängigkeit von ihm und den weitgehenden Verzicht auf Zärtlichkeit in Kauf.

Stufe fünf

GERLINDE, 42 Jahre, Visagistin beim Theater, geschieden, ein Kind, sucht in ihrer Fantasie das Extreme: maskierte Männer, Ketten, schwarze Nacht, Ausgeliefertsein.

Sie lehnt jede Art der Nähe und Bindung ab. Die erotischen Gefühle werden reduziert zum puren körperlichen Empfinden, die Männer degradiert zu Handlangern ohne Persönlichkeit.

In ihrer Geschichte spiegeln sich Enttäuschungen wider, die ihr im realen Leben widerfuhren. Sie, die bei Erlebnissen mit Männern immer sexuell auf der Strecke blieb, träumt davon, zwar Gefangene und Unterdrückte zu sein, dabei jedoch im Mittelpunkt des Geschehens zu stehen: Nichts als die Steigerung *ihrer* Lust spielt eine Rolle.

Diese deine Hände

Noch einmal kommt SINA zu WORT.

Wehmut und Demut liegen eng beieinander. Der Verlustschmerz mündet in die Fantasie, sich dem ehemaligen Geliebten bis zum letzten Grad zu geben, ihm das eigene Leben hinzugeben. Doch es siegt letztendlich das Wissen darum, dass Vergangenes vergangen ist.

Im Palast des Herrschers

Die vielfältigen Romane, Erzählungen und Filme über Herrscher der Antike und ihre Sklavinnen inspirieren auch heute noch viele Frauen.

SONJA träumt davon, eine Sklavin unter vielen zu sein. Einen zusätzlichen Reiz bedeutet ihr der Gedanke, nicht die Lieblingsfrau ihres Gebieters zu sein, sondern eine rangniedrige Dienerin, die besondere Demütigung dadurch erfährt, dass sie ihren geliebten Herrscher nicht einmal berühren darf und zusehen muss, wie er sich von anderen Sklavinnen bedienen lässt.

Sonja, 24 Jahre, ist seit vier Jahren fest liiert und fühlt sich durch die Besitzansprüche ihres Freundes bedrängt. Sie möchte sich am liebsten aus der Beziehung lösen, fürchtet aber die damit einhergehenden Auseinandersetzungen und Schwierigkeiten so sehr, dass sie trotz der unbefriedigenden Situation lieber bleibt.

Ähnlich verhält sie sich in ihrer Geschichte. Doch dort entledigt sie sich des Erwartungsdrucks, indem sie sich durch andere Frauen gleichsam entlasten lässt.

Die Telefonnummer

REBECCA, eine 35-jährige Grafikerin, war fünf Jahre lang die Geliebte eines verheirateten Mannes.

»Oftmals blieben mir tatsächlich nur die Telefonate. Obwohl ich die Trennung wollte und nach schmerzhaften Monaten eine neue Beziehung eingegangen bin, spielt in meinen erotischen Fantasien der damalige Geliebte noch immer die entscheidende Rolle.«

Distanz und Nähe – Rebecca wollte in ihren Beziehungen zu Männern immer beides haben. Sie will ihre emotionalen und sexuellen Bedürfnisse befriedigen – und hat doch Angst vor der Bindung. Nur in einer Beziehung zu einem anderweitig gebundenen Mann glaubt sie, diesen ambivalenten Bedürfnissen – in der Fantasie versinnbildlicht durch das Telefon – Rechnung tragen zu können.

Katy Bevan
100 Sex-Tipps für Frauen

64 Seiten, Hardcover
ISBN 3-8118-1800-7

Katy Bevan
100 Sex-Tipps für Männer

64 Seiten, Hardcover
ISBN 3-8118-1801-5

In diesen beiden Bänden wird, ohne falsche Scham, aber auch ohne jede Schlüpfrigkeit, beschrieben und illustriert, was Sie und Ihn im Bett glücklich macht. Von der richtigen Stimmung, den psychologischen Voraussetzungen bis zu den technischen Finessen – hier findet man alles, was man über Sex wissen muss.